Quando aqui estavas

Daisy Whitney

Quando aqui estavas

Tradução
Inês Castro

ASA

Título original: When You Were Here
Autor: Daisy Whitney

Editora: Cristina Lourenço
Tradução: Inês Castro
Revisão: Domingas Cruz
Capa: Maria Manuel Lacerda
Pré-impressão: JCT
Impressão e acabamento: Multitipo – Artes Gráficas, Lda.

1.ª edição: abril de 2014
Depósito legal n.º 371 784/14
ISBN: 978-989-23-2589-7

Uma editora do grupo Leya
Rua Cidade de Córdova, n.º 2
2610-038 Alfragide
Portugal
Tel.: +351 210 417 410
Fax: +351 214 717 737
edicoes@asa.pt
www.asa.pt
www.leya.com

Esta edição segue a grafia do novo acordo ortográfico.

Este livro é dedicado aos meus pais,
que me deram tanto amor.

Esta história inspirou-se na vida maravilhosa
de Sharon Schneider, que mostrou o mundo
à família e como viver.

CAPÍTULO UM

Quando alguém que amamos morre, existe um certo período de graça em que conseguimos escapar a um delito sem qualquer castigo. Não um delito criminal em termos literais, mas praticamente tudo o resto.

Assim, estou a sair do parque de estacionamento da escola no antepenúltimo dia do meu último ano e vou a descer Montana Avenue quando um *Mazda Miata* vermelho me corta o caminho.

Ignoro o *Miata*. Mas, passados alguns quarteirões, viro para a minha rua e reparo num *Nissan* prateado. Sem ninguém lá dentro; o carro está apenas estacionado na berma da estrada, talvez a tapar alguns centímetros da minha entrada e não tenho nada contra este carro, nem contra o dono do carro, mas estou farto que toda a gente desapareça bem como de tudo o que me extenuou nos últimos cinco anos da minha vida. Além disso, quanto a tomar decisões, a minha mãe dizia sempre: *No final da minha vida, quando recordar o passado, arrepender-me-ei de não ter feito isto?* É certo que, em geral, estava a referir-se a fazer uma viagem a Itália ou a ir buscar-me à escola para surfar numa tarde qualquer. Mesmo assim, estou absolutamente certo que *não* me vou arrepender de bater neste carro por razão nenhuma, por isso choco contra ele uma, duas, três, quatro, cinco, seis vezes, todos os embates a propagarem-se sob a minha pele, sacudindo-me como placas de um desfibrilhador a reanimar o sistema.

Funciona durante alguns segundos. Sinto uma chispa dentro de mim, como se tivessem acendido um fósforo numa gruta obscurecida. Mas depois extingue-se e volto ao estado em que me encontrava antes.

Meto a marcha atrás e o para-choques do meu carro faz um som irritante quando raspa na estrada. Subo a rampa da minha entrada e saio do carro. Dou a volta para a parte da frente e o para-choques baloiça, a tocar no chão, e parece que o motor está a fumegar um pouco, mas não me apetece lidar com o problema porque isso exige demasiada energia e o que me falta mesmo é energia. Entro em casa, atiro as chaves para cima da mesa junto à porta e afundo-me no sofá.

Sandy Koufax, a minha cadela, vem ter comigo e enrosca-se com a cabeça no meu joelho. Esfrego-lhe as orelhas e penso por instantes se eles me enviarão para um curso de gestão da raiva, ou algo do género, mas não existe nenhum *eles* para me mandar embora. Claro que há Kate, a melhor amiga da minha mãe, mas não o fará. Os outros *eles* desapareceram todos. A minha mãe morreu há dois meses, o meu pai morreu num acidente há seis anos e a minha irmã, Laini, está na China a tentar reencontrar as suas raízes, algo que não entendo, mas, por outro lado, não entendo uma série de coisas em relação à minha irmã, porque não temos muito em comum, muito menos genes. Ela foi adotada na China e eu sou um *rapaz branco*, como gosta de dizer quando se digna falar comigo.

Coloco os braços atrás da cabeça e penso: que mais posso fazer de que consiga escapar sem castigo? Existirá alguma lei de prazos de prescrição que estabeleça quanto tempo podemos ter um livre-trânsito depois de a nossa mãe morrer? Porque bater naquele carro foi a única coisa que me fez *sentir* alguma coisa há semanas.

Lanço uma olhadela à caixa vazia de piza sobre a mesinha do café e puxo-a para mim com o pé para ver se ainda lá poderá haver alguma fatia. Reparo que *Sandy Koufax* observa o meu pé e depois a caixa.

– *Sandy Koufax*, acabaste com a piza?

Ela não diz nada. Inclina apenas a cabeça de um preto lustroso para o lado.

– Bem, podes telefonar a pedir outra?

Pousa uma das suas patas brancas no meu peito.

O telefone toca. Estendo o braço por cima da mesinha do café, agarro no telefone e atendo. A Sra. Callahan da casa ao lado quer saber se estou bem. Não, *não estou bem*, apetece-me dizer. *Já esteve aqui na minha casa? Já viu como está vazia?*

– Sim – respondo-lhe ao mesmo tempo que esquadrinho o correio.

Algumas notificações da universidade da Califórnia, a UCLA, para onde vou no outono, uma conta da secundária Terra Linda relativa ao custo da minha capa e gorro. Tenho de proferir o discurso de formatura dentro de alguns dias. Atiro com o envelope. Aterra na tijoleira branca e fria do outro lado da mesinha do café onde já não o vejo. Olhar para aquilo lembra-me o que está a faltar à minha formatura. A cerimónia da minha formatura era *a coisa* que a minha mãe mais queria ver. Era a cenoura dela, aquilo a que se agarrava. *Vou lá estar, tirarei fotografias, vou aplaudir e chorar e será o meu último hurra.*

A Sra. Callahan faz mais perguntas sobre o *acidente*, como lhe chama. Nem uma só vez diz que a culpa foi minha. Nem uma só vez indaga se bati com o meu carro noutro carro.

– Precisas de alguma coisa? – pergunta.

Uma mãe. Um pai. Alguém. Qualquer pessoa. Consegue arranjar-me isso?

– Não, está tudo bem.

Trinta minutos depois aparece Kate. Sei que é ela por causa das pancadas repetidas na porta, a sua marca distintiva nos últimos tempos. Quem diz que a internet está a mudar a forma como comunicamos? Não precisamos de internet. Temos um arauto aqui mesmo em Santa Monica e chama-se Sra. Callahan; deve ter contado a Kate.

Abro a porta e ela está chateada. Suponho que, para ela, os meus prazos de prescrição já se esgotaram.

– Sei que bateste naquele carro de propósito, Danny – diz num tom de voz agudo.

Deve ser agora a minha mãe substituta ou algo do género. Desempenhou esse papel algumas vezes nos últimos anos quando a minha mãe estava num dos seus tratamentos. Porém, a minha mãe não esteve muitas vezes em baixo. Era rija; esforçou-se muito por ficar bem. Não nos aguentamos durante cinco anos a não ser que queiramos viver. Queria tanto viver que foi muitas vezes ao México, à Grécia e ao Japão, procurou médicos ocidentais, depois a medicina oriental e depois qualquer coisa para tentar viver. Mas falhou por dois meses o seu objetivo. Sessenta miseráveis dias. Kate era a melhor amiga dela desde que andaram juntas na universidade. E também é a mãe da miúda com quem perdi a minha virgindade, que foi minha durante três meses perfeitos no verão passado e que abandonou a minha vida sem qualquer razão, quase sem um telefonema.

Holland.

A pessoa mais incrível e mais irritante que conheço. Não mencionamos o assunto, mas está profundamente subentendido que Kate e eu não discutimos a filha dela. Se fôssemos falar sobre Holland, eu nunca conseguiria falar com Kate sobre mais coisa nenhuma.

Encolho os ombros.

– E então?

– Porque bateste num carro de propósito, Danny?

Kate é uma pessoa minúscula. Tem talvez um metro e cinquenta, mas é um *pit bull* e os músculos dos braços dela são doentios. Faz exercício todos os dias, o que não é invulgar em Los Angeles, reconheço, mas o que é significativo é o sítio onde treina, no Animal House, que é um ginásio muito macho, muito velho e muito degradado, sem ar condicionado. Os frequentadores habituais são na sua maioria aspirantes a Arnold Schwarzenegger e tipos acabados de sair da prisão.

– Não sei.

Encaminho-me para a porta de correr de vidro e abro-a. Kate segue-me. *Sandy Koufax* também e esfrega o nariz num *Frisbee*, um disco de plástico na relva. Pego nele. Tem marcas de dentes gravadas na superfície. É roxo e diz LUTA CONTRA O CANCRO. Serviu de muito. Atiro-o para longe no jardim, para a beira da piscina. *Sandy Koufax* é como um foguete, corre atrás dele, alcança-o, salta no ar e apanha-o.

Esta cadela pode muito bem ser a perfeição em pessoa.

– Então bateste mesmo nele de propósito?

– Define *de propósito*.

– Com intenção – retorque com secura.

– Então, sim. É verdade.

– O que pensaria a tua mãe?

Atiro outra vez o disco de plástico roxo para *Sandy Koufax*. Ela executa outra excelente pega.

– É difícil dizer – respondo. – Mas sejamos sinceros. Nunca foi uma pessoa de carros. Sempre disse que andar era mais saudável, por isso talvez tivesse ficado contente.

Kate semicerra os olhos.

– Não tem piada.

– Mas verdade. É verdade – acrescento e Kate não responde porque sabe o que a minha mãe pensava dos carros. A minha mãe era uma das poucas pessoas em Los Angeles que ia a pé para todo o lado. Atiro outra vez o disco de plástico. *Sandy Koufax* salta, limpando com facilidade um metro na vertical. – Fantástico! Viste aquilo, Kate? É uma cadela porreira.

Vou ter de ver se a UCLA me deixa ter um cão no dormitório. Talvez consiga uma *exceção para órfãos*.

Kate ergue as mãos.

– O que vou fazer contigo?

Não respondo. Não há resposta.

– Muito bem – diz, desistindo. A voz suaviza-se. – Dá-me só os papéis do seguro e o nome do vistoriador independente que eu trato de tudo.

Kate é assim uma espécie de feiticeira. Deem-lhe uma camisa com uma nódoa de gordura do ano passado. Consegue tirá-la. Deem-lhe um par de óculos partidos. Voltará com um novo par de graça porque convencerá a loja que tinha a obrigação de o fazer. Entrego-lhe os meus papéis do seguro e sei que, dentro de um ou dois dias, tudo estará resolvido. É o tipo de pessoa que resolve tudo e gosta de ser assim.

Já não está com o maxilar comprimido; já não tem os olhos semicerrados. Estou safo.

– Hei, Kate. Podes telefonar também para a UCLA para ver se posso levar um cão comigo no outono? Saber se eles permitem?

– Claro. Vamos levar essa cadela para dentro do campus, sem problema nenhum – diz, a expressão a suavizar-se nos olhos quando se aproxima para me depor um beijo na testa.

Deixo-a dar-me um beijo e depois atiro de novo o disco de plástico a *Sandy Koufax*, depois outra vez e depois uma vez mais e, a dada altura, Kate vai-se embora, poderá até dar-me um abraço, poderá até dizer que me ama, poderá até dizer que lamenta que a vida seja uma porcaria, mas estou absorto naqueles lançamentos.

E então percebo que estou aqui fora há horas. Porque de repente *Sandy Koufax* está exausta. Salta para a piscina e começa a chapinhar.

Levanto os olhos para o Sol. Quando baixou tanto no céu? Como são já seis da tarde quando ainda há poucos minutos eram três?

Já agora posso juntar-me à minha cadela, por isso avanço direito à piscina, de calções largos, *T-shirt* cinzenta, chinelos de dedo e tudo.

Pelo menos é alguma coisa, a sensação da água a esparrinhar à minha volta. Mergulho a cabeça, afundando-me sob aquilo tudo e depois venho ao de cima e digo a *Sandy Koufax* todas as coisas que desejava que fossem diferentes neste momento.

CAPÍTULO DOIS

Jeremy está a disparar contra alienígenas, Ethan tenta convencer Piper que um tremor de terra de magnitude 9,0 atingirá Los Angeles nos próximos 365 dias e metade da equipa de voleibol das raparigas está a ensinar metade da equipa de basebol dos rapazes a jogar voleibol aquático na piscina. Os meus antigos companheiros de equipa estão na parte mais funda do outro lado da rede a serem arrasados pelas atletas vestidas de biquíni.

Aumento o volume do sistema de som porque Retractable Eyes vem a seguir na *playlist* e este grupo é fantástico. Mas, antes de soarem os acordes da abertura, ouço o início de «Great Balls of Fire».

No piano.

Viro-me para a sala e os alienígenas devem ter derrotado Jeremy porque ele agora está debruçado sobre o piano a pensar que é Jerry Lee Lewis.

– Não mexas nisso, meu. – Aproximo-me do teclado.

Ele interrompe-se.

– Deixa-me só tocar esta canção.

Abano a cabeça. Ele sabe que esta é a minha *única* regra.

– Não.

Toca mais algumas notas e está prestes a chegar ao refrão e a cantá-lo também, a entoá-lo bem alto, e eu não estou nada de acordo com isto a tantos níveis porque este é o piano da minha mãe. Não era uma intérprete clássica, nem professora de piano, nem nada. Mas gostava de tocar por diversão, martelando uma ária de musical de vez em quando ou um número de Cole Porter. Palavras cruzadas, jardinagem e algumas velhas canções clássicas no piano... eram as suas *pequenas coisas na vida*, as pequenas coisas que fazia, as pequenas coisas que a faziam feliz.

– Jer. Sai daí.

Alguma coisa na minha voz fá-lo parar e por isso não insiste, ergue as mãos.

– Desculpa, pá.

– Vai buscar uma das guitarras de Laini se queres tocar alguma coisa – digo, abrandando um pouco a pressão sobre o meu melhor amigo.

– Gostava que me deixasses ficar com ele. Sabes que nunca vais usar o piano.

Jeremy tem andado nesta coisa da música nos últimos três anos. Está convencido que aprender a tocar piano, guitarra, bateria, seja que instrumento for, o vai ajudar com as miúdas. Não vi qualquer prova de melhoria no seu registo de resultados com o sexo oposto, mas ele consegue tocar o refrão de quase todas as canções *top ten* mais descarregadas do momento. Talvez algum dia essa sua aptidão dê para alguma coisa. Por agora é entretenimento. E por agora, e para sempre, o piano não está à venda. Recordo-lhe o facto quando ele parte para o quarto-mausoléu de Laini.

Inspeciono o que se passa no meu jardim. Trevor, o grande homem da primeira base a quem atirei bolas fracas durante os meus primeiros três anos do secundário, lança uma bola de voleibol na direção de Cassie. Esta tenta reenviá-la com uma pancada forte, mas bate no ar e a bola salta para fora da piscina. Cassie sai para a ir buscar. Tem um fato de banho minúsculo e é também a jogadora mais fraca da equipa. Trina aparece atrás de mim e sussurra-me ao ouvido:

– Vejo que estás a observá-la – diz ao mesmo tempo que me passa um dedo pelo braço.

O que não diz é *Vejo que estás a observá-la e não me importo*, porque, tal como eu, existem poucas coisas com que Trina se importe, muito menos se ando a mirar outras miúdas, apesar de eu não estar a mirar Cassie. Se estivesse a mirar miúdas, só teria olhos para uma.

A incrível e irritante que não está aqui, apesar de a lasanha que me fez no outro dia ainda se encontrar no meu frigorífico.

Trina faz deslizar o indicador pela palma da minha mão e acrescenta:

– Já está a fazer efeito?

– Está a começar.

Trina também me traz coisas boas, só que as dela funcionam melhor do que comida. Lança-me um sorriso cúmplice e vejo-a desaparecer na cozinha, com os seus calções de ganga de cintura descaída e um *top* sem mangas que realça a pele morena.

Jeremy volta com a guitarra clássica mais cara da minha irmã. Laini tocou até ao oitavo ano e era bastante boa, tão boa que os meus pais estavam a pensar arranjar-lhe aulas com algum professor especializado na UCLA. Mas, tal como com todas as coisas remotamente americanas, Laini decidiu que não queria ter nada a ver com aquilo. Uma guitarra, mesmo uma guitarra clássica, era o instrumento mais americano de todos, por isso deixou de tocar. Alguns anos depois, deixou-nos a nós também. Laini nunca estava em casa quando a minha mãe ficou doente. Claro que já se encontrava na faculdade, estava lá há um ano quando surgiu o diagnóstico, mas nem sequer vinha a casa no verão, nem noutras férias, a não ser talvez uma semana por ano. Afastou-se na pior altura possível e, quanto a mim, isso é o mesmo que tratar a nossa mãe como se fosse lixo. De repente, já não quero ouvir a guitarra dela. Quero *destruí-la*. Sou como um *zombie*, um *zombie* vivo e a respirar que não se deterá e avanço com um ruído surdo para Jeremy, que está a dedilhar um improviso na guitarra *Tortorici* feita à mão da minha irmã, que os meus pais encomendaram para o seu décimo segundo aniversário, e arranco-a das suas mãos mesmo antes de ele se lançar numa progressão de acordes vibrantes.

– Estava a chegar ao refrão.

– Vai buscar outra e vem ter comigo – replico, porque Laini tem mais guitarras acústicas no quarto que não é utilizado. – Alinhas ou não?

– Estás a falar de quê?

Viro a cabeça para o jardim e simulo desfazer uma guitarra.

Ele aponta para a *Tortorici*.

– Sabes que te pode render uns milhares no eBay.

Não preciso do dinheiro. A minha mãe poupou bem e investiu bem. Já nem sequer temos uma hipoteca, porque comprou esta casa a pronto quando vendeu o seu último negócio uns meses antes do diagnóstico. Mas nem toda a gente tem a *sorte* de herdar os bens dos pais com a tenra idade de dezoito anos. Ou de ter de resolver o que fazer com tudo, desde bens imobiliários a objetos pessoais. Como as roupas dela. Os livros. As perucas.

Compadeço-me.

– Fica com esta e faz dela o que quiseres. Mas vai buscar as outras.

Agradece-me, enfia a *Tortorici* debaixo do braço e corre pelas escadas acima. Uns segundos depois vem ter comigo ao jardim, tropeçando pela porta de correr aberta com uma guitarra em cada mão, um par de futuras vítimas. Seguem-no Ethan, Piper e Trina e estamos todos na beira da relva onde um muro baixo de pedra delimita o meu jardim.

Ergo uma guitarra de madeira vulgar por cima da cabeça e depois aceno para Jeremy. Ele desempenha melhor do que eu o papel de mestre de cerimónias.

– Só é o final do secundário quando alguém desfaz uma guitarra – grita, levantando os braços num sinal de vitória. – É um ditado muito famoso, sabem. O palco é teu – continua para mim.

Trato de destruir completamente a guitarra ao som dos aplausos encorajadores dos meus colegas de escola. Jeremy e Ethan participam e até Piper amolga uma acústica velha e barata nas pedras. Trina entra em ação, os olhos cor de avelã entusiasmados com a perspetiva de destruição, porque Trina foi uma criança turbulenta na escola, uma criança ainda mais turbulenta na faculdade e na universidade de medicina também e uma adulta ainda mais turbulenta agora que está mesmo a meio do internato médico.

Quando olho para a destruição, lascas de madeira por todo o lado, cordas partidas e soltas a definharem, sinto um gotejar de endorfinas, não como se tivesse apenas lançado três bolas que o batedor não conseguiu rebater, mas como se tivesse arremessado uma fantástica bola curva. É uma excitação, uma excitação momentânea e temporária, uma ascensão acima desta linha nublada em que tenho vivido.

Mas o problema é que não é o suficiente para remover tudo isto, para silenciar o mundo inteiro. Não é o suficiente para trazer de volta os sons de Cole Porter no piano, ou flores a serem plantadas, ou os pedidos de uma palavra de cinco letras começada por *A* ou *T* ou *C* ou outra letra qualquer. Nunca nada é suficiente. Exceto Holland, que está tatuada em mim, mas que não está aqui onde a quero. Afasto-me da carnificina e regresso a casa. Trina segue-me, toda ela flexível como uma pantera, a deslizar, de pés nus, pelos soalhos de madeira.

– Vamos para o teu quarto – sussurra-me ao ouvido.

Aceno com a cabeça, pego-lhe na mão e conduzo-a para as escadas. Ouço os ruídos lá de fora, o chapinhar e os risos, os sons de latas a abrirem-se e as vozes a elevarem-se no estridor festivo do final de uma era, mas depois extingue-se quando fecho a porta, ponho a música a tocar e desligo as luzes, deixando aceso um candeeiro junto à cama. Trina já despiu o seu *top*, está a puxar-me pela *T-shirt* e o quarto parece-me pouco nítido e quente, mesmo como eu gosto, porque a Dra. Trina deu-me uns comprimidos para experimentar esta noite. Já me fizeram efeito e talvez nela também e tudo, *tudo*, parece simplesmente melhor quando se faz com analgésicos.

Trina já me prendeu debaixo dela, com os meus braços esticados para cima da cabeça, as mãos dela nos meus pulsos, o cabelo preto dela a cair por cima da minha cara. Nunca fico por cima com Trina, mas não faz mal. Ela gosta assim, é mais fácil e nunca lhe acontece não estar excitada. Está sempre pronta, sempre acelerada, e tem sempre as mãos por todo o lado e é ótimo, verdade, é ótimo.

Apesar de não ser Holland.

Praguejo em silêncio.

Gostaria de não pensar em Holland quando estou com outra pessoa. Gostaria de não imaginar Holland, o cabelo loiro ondulado, os olhos de um azul celeste, os lábios com sabor a morango, o seu cheiro, toda ela rapariga pura, perfeita e loira da Califórnia.

Mas não consigo *não* imaginar Holland.

Por isso fecho os olhos e deixo-me ir, imaginando que é Holland que me prende. E é fantástico assim com uma Holland imaginária. Parece que estou vivo outra vez, que sou real outra vez, que a Terra está de novo a rodar à volta do Sol.

Depois acabamos e Trina adormece em exatamente trinta segundos. O rosto está comprimido no meu lençol; nem sequer chegou à almofada. Observo-a a dormitar durante um minuto. Às vezes, penso que a cada expiração o seu cérebro liberta todas as radiografias, eletrocardiogramas e fichas de doentes que tem de ter na cabeça o dia inteiro. Por vezes, imagino-a a acordar ao lado de um mar de folhas de computador distorcidas e deformadas que se derreteram de dentro dela.

Uma madeixa do cabelo comprido cai-lhe para a boca. Os lábios tremem enquanto dorme, tentando soprar o cabelo. Puxo-lhe a madeixa para trás da orelha. Depois, adormeço também, sem pensar nas pessoas lá fora nem nas guitarras partidas. Quando acordo a meio da noite, a minha cadela está colada a mim e Trina foi-se embora. Mas a boa médica deixou-me uma coisa.

Um novo frasco cor de laranja de comprimidos na minha mesinha de cabeceira.

Precisarei deles para aguentar a cerimónia de formatura amanhã. A minha mãe deveria estar na primeira fila.

CAPÍTULO TRÊS

Sempre imaginei que a manhã do dia da cerimónia de formatura se passasse numa confusão de ruídos e ordens gritadas. *Lembraste-te disto? Esqueceste-te daquilo? Arranja o cabelo; está horrível.*

Como quando Laini se formou. O meu pai a ir buscar a máquina fotográfica, a minha mãe a verificar se o gorro de Laini estava bem posto, eu a calcular quanto tempo teria de usar a camisa às riscas com o colarinho.

Agora, quando visto uns calções e uma *T-shirt*, uma vez que não interessa o que usamos debaixo da *capa*, porque me recuso a chamar-lhe *beca*, o único som que ouço provém de *Sandy Koufax*, das suas unhas a rasparem no chão quando troca de local, passando da sua patrulha matinal no jardim para o seu espaço de descontração ao final da manhã em cima do sofá.

Nem sequer tínhamos *Sandy Koufax* há seis anos quando saímos a correr de casa para a cerimónia de formatura de Laini, a última vez que estivemos todos juntos, a minha mãe, o meu pai, a minha irmã e eu. Nessa noite fomos jantar a Chinatown, um restaurante que Laini escolhera porque tinha os melhores crepes tradicionais chineses, dizia. Já enveredara por aquela ideia de se ligar às suas raízes e também pediu os pratos para todos nós em chinês, porque andava a estudar a língua.

– Linda menina – elogiou o meu pai e plantou um beijo na testa de Laini.

Ela fingiu não ligar nenhuma, mas inclinou-se para ele, respondeu em chinês, ele riu-se e depois disse qualquer coisa em resposta. Aprendera chinês ao longo dos anos, tivera aulas, escutara *podcasts* chineses e tinha no carro todos os CDs do curso Aprender Mandarim. Eu e a minha mãe não sabíamos uma única palavra.

Quando a comida chegou, a minha mãe ergueu o copo e sugeriu um brinde.

– À minha filha. Não podia estar mais orgulhosa.

Depois o meu pai:

– A mais educação, o que significa... *mais contas.*

– Desculpa não ter conseguido uma bolsa – retorquiu Laini e o meu pai corrigiu-se logo.

Nunca queria que Laini se sentisse mal em relação a nada, briga com uma amiga, más notas, corte de cabelo pavoroso. Fosse o que fosse, salvava a situação para ela, ainda que tivesse sido sarcástico.

– Estou a brincar. Claro que temos o dinheiro.

– Eu vou para a universidade pública – sugeri como contribuição para a conversa.

– És tão graxista – disse-me Laini.

A minha mãe ergueu as mãos.

– Chega. Podemos simplesmente jantar fora em sossego?

– Que tal voltarmos ao princípio? – pediu o meu pai e ergueu o seu copo. – A Laini Kellerman, que vamos, com satisfação, enviar para a faculdade.

– Muito melhor – retorquiu a minha mãe e assentiu.

Laini ergueu a sua *Coca-Cola* e sugeriu um brinde:

– Ao fim de uma era.

Acabou por se revelar vidente. Passado um mês, o meu pai morreu quando um camião o abalroou em Quioto. Um ano depois, diagnosticaram o cancro à minha mãe. Seis anos depois, Laini nem sequer me envia um cartão de parabéns para a minha cerimónia de formatura.

A campainha da porta toca e *Sandy Koufax* irrompe numa saraivada de latidos do seu posto no sofá. Quando abro a porta, Holland está ali. Digo comigo mesmo que tenho de ser estoico, sobretudo porque ela está a usar aquele anel em forma de estrela que lhe ofereci o verão passado. Descobri-o para ela naquela pequena loja de roupa excêntrica em Melrose Avenue, pois sabia que era aí que Holland gostava de fazer compras, aí que gostava de escolher pequenas pulseiras baratas de plástico e outras bijutarias.

– Que é?

Põe as mãos na cintura e lança-me um olhar brincalhão como se eu devesse ter-me lembrado que ela ia aparecer por cá. O facto é que tenho bastante certeza que me disse *mesmo* que ia aparecer. Talvez eu não quisesse acreditar. Talvez me tenha obrigado a esquecer, apesar de ela já ter vindo cá a casa algumas vezes desde que terminou o seu ano de caloira na Universidade da Califórnia em San Diego. Passou por cá com Kate há uma semana e trouxe-me aquela lasanha caseira que ela própria cozinhou, pois Holland tem umas mãos mágicas no que toca a massas.

– Não pensaste que ia deixar-te preparares-te sozinho para a cerimónia de formatura, não é?

– Tenho a certeza que consigo arranjar-me sozinho.

– Bem, não é que tenha trazido maquilhagem nem cinco roupas diferentes para escolheres – responde e entra.

Somos só nós sozinhos na minha casa. Podia fechar a porta e as persianas e ver filmes no sofá com ela o dia inteiro. Podíamos ficar aqui metidos e nunca mais sair, só Holland, a cadela e eu. Mandar vir comida chinesa do restaurante Captain Wong, na esquina, para todas as refeições. Sim, seria assim que conseguiria aguentar um verão interminável num planeta solitário.

Holland espreita para o corredor.

– Onde está, sabes quem?

– A quem te referes?

Acena com uma mão, de forma indiferente. Sei que se refere a Trina. Quero só que o diga. Quero saber que se incomoda com a médica atraente que passa o tempo na minha casa.

– A doutora Asvati – diz Holland, arrancando o nome, como se fosse um insulto. Talvez para ela seja.

– Trina.

– Trina – repete Holland, a palavra a pesar-lhe na boca.

Tem ciúmes. *Tem* de ter ciúmes. Isto é excelente. Gostaria que tivesse ciúmes.

– Não está cá.

– Não vai à cerimónia da tua formatura?

Abano a cabeça. Trina e eu não temos esse tipo de relação.

Holland avança para a sala e senta-se ao lado da minha cadela. Acaricia as orelhas de *Sandy Koufax* e fala com a minha cadela numa voz aguda, dizendo-lhe que é a cadela mais amorosa do mundo inteiro. *Sandy Koufax* rola sobre si e deixa Holland fazer-lhe festas na barriga. Ver as duas assim, a rapariga que gosta da cadela e a cadela que gosta da rapariga, faz-me ter vontade de deixar escapar um convite: *Vamos viver aqui o verão inteiro e não sair até agosto.* Talvez ela sentisse pena suficiente de mim para dizer que sim, para ficar, para dizer que deixar-me no outono passado fora a coisa mais estúpida que já fez e, *por favor, aceitas-me de volta?*

Ora, sim, Holland, penso que te aceitaria de volta. Apesar de não fazer a mínima ideia da razão secreta de me teres deixado para começar.

Holland aponta para o gorro na mesinha do café.

– Essa coisa do gorro. Tenho a certeza que deve ir para a tua cabeça.

– É o que dizem todos os livros sobre cerimónias de formatura.

Agarra no gorro e vem ter comigo. Estende-me o barrete quadrado e eu coloco-o, demasiado para trás, na cabeça.

– Está tudo mal. – Holland ri-se, abana a cabeça, como se isto fosse normal, como se pudesse voltar simplesmente à forma como costumávamos ser bons amigos antes do verão passado, antes de tudo o resto. – Tem de ficar apoiado na testa. – Faz o gesto de puxar um barrete quadrado para a testa, apontando para aquele ponto mesmo por cima dos olhos onde o gorro se deve firmar.

– Arranja-o – digo e a voz sai-me rouca, como um resmungo. Sei que devia dizer *por favor arranja-o* ou *podes arranjá-lo?*, mas só consigo dizer isto, esta frase de duas palavras, como faço tudo para não parecer que estou ávido dela.

– Estás a ver! Precisavas de mim para te preparares – retorque e depois olha para mim, meia nervosa, como se estivesse à espera de uma resposta, à espera que eu admita que precisava dela.

Aponto apenas para o gorro. Ela assente e contorce o gorro mais para a frente na minha testa. Os dedos roçam-me na face. O meu coração bate um pouco mais alto, mas desvio o olhar porque a dor é demasiado forte. Puxa-me o gorro para baixo num toque final e faz uma pausa a considerar uma madeixa do meu cabelo castanho.

– Não acredito que a minha mãe não te tenha obrigado a cortar o cabelo para a cerimónia da formatura.

– Pois, por estranho que pareça, na realidade não controla o meu cabelo.

– Ela acha que controla tudo – diz Holland e revira os olhos como se estivesse a tentar convidar-me de novo para a brincadeira, para a forma como troçávamos de Kate e das suas tendências.

Eu não digo nada e Holland bate, absorta, no fio de prata que tem ao pescoço e que usa todos os dias. Tem um pequeno círculo pendurado nele com o nome Sarah gravado. Sarah foi a amiga de Holland da faculdade que morreu passados poucos meses do início do ano de caloiras. Então Holland comenta com suavidade:

– Ficas sempre tão bem quando cortas o cabelo.

– Queres que vá cortar o cabelo? – Apetece-me pontapear-me mal as palavras me saem da boca.

– O teu cabelo está ótimo. Tal como o resto da *toilette* – diz, fazendo um gesto para o meu gorro e capa. – A mãe também aprovaria. – Reprime-se. – Desculpa. Queria dizer a minha mãe.

– Não faz mal. Sei o que queres dizer.

– Sentes falta dela hoje?

– Sinto falta dela todos os dias – replico de forma instantânea, aliviado por alguém ter perguntado, por alguém querer saber.

– Claro. Foi estúpido ter perguntado.

– Podes perguntar. És a única que pergunta – digo, porque, passados dois meses, as condolências estão a esgotar-se e é como se a minha mãe estivesse a ser apagada do mundo outra vez, à medida que a sua memória se desvanece e todos começamos a esquecer.

Mas Holland está a perguntar, Holland recorda-se e apetece-me agarrá-la e dizer-lhe: *Tudo dói e não aguento a dor*. Em vez disso, a minha mão ergue-se alguns centímetros, como se tivesse vida própria e quisesse tocar-lhe, ligar-se a ela através de palavras e pele. Mas não vou tão longe. Não aguento a dor.

– Também sinto falta dela. Sinto saudades de plantar flores com ela e sinto saudades de ir ao mercado dos agricultores com ela e de estudar todos aqueles catálogos de bolbos com ela – observa Holland e o coração sobe-me à garganta porque *Holland também não esqueceu. Não esqueceu nada*. – E agora as orquídeas em forma de barco na parte da frente da tua casa? As que plantei com ela o verão passado? Precisam de ser aparadas.

– É?

– Ela teria feito isso. Tê-las-ia aparado por esta altura.

Consigo ver a cena de forma tão clara. Consigo imaginar a minha mãe lá fora, vestindo calças de ganga e uma *T-shirt*, porque era o tipo de mãe que usa calças de ganga e *T-shirt*, a plantar as orquídeas o verão passado, esperando estar aqui um ano depois para cuidar delas. Determinada a estar aqui um ano depois.

– Pois. Pois teria – respondo baixinho e depois desvio-me disto tudo, destas fendas no meu peito que se parecem demasiado com sentimentos. – Porém, não vejo porque tenha de ir à cerimónia de formatura. A minha mãe é que gostava de todas essas solenidades e porcarias.

Holland inclina a cabeça para um dos lados.

– Queres faltar?

Escarneço:

– Quê? Estás a falar a sério?

– Estou a falar a sério, Danny. Se quiseres faltar à cerimónia de formatura, eu encubro-te.

A ideia seduz-me.

– Dizias o quê?

– Não sei. Invento qualquer coisa. Finjo que sou tu!

Rio-me.

– Mas estou a falar a sério. Se precisares de escapar ou qualquer coisa, vou-me já embora e digo à minha mãe que vais a caminho, que queres ir tu a guiar. E vamos sem ti. E, quando eles chamarem o teu nome, finjo que não faço ideia nenhuma onde estás. Ou levanto-me e digo que levaste a cadela a dar uma volta. Queres que faça isso?

– Fazias isso?

– Sim.

– Fazias mesmo isso?

– Fazia mesmo isso. Fazia isso por ti.

Está a falar a sério. Faria isso por mim. Detesto-a por acabar comigo há tantos meses e amo-a por querer encobrir-me hoje.

Mas isto não tem a ver com Holland, nem tem a ver comigo.

– Tenho de ir. Pela minha mãe.

Holland assente com a cabeça. Sabe que era por isto que a minha mãe se estava a aguentar. Kate também sabe. Disse tudo no outro dia quando lhe contei que não queria ir. *Elizabeth adorava cerimónias. Elizabeth adorava eventos. Era por isto que tentava viver. Nos últimos cinco anos, tudo o que queria era conseguir chegar à tua cerimónia de formatura antes de morrer. Por isso vai lá e profere o teu discurso de fim de curso para que a tua mãe, esteja onde estiver, te possa ouvir.*

Kate não acredita no céu nem na vida depois da morte. A minha mãe também não acreditava. Somos judeus e os judeus não subscrevem as ideias típicas de céu e inferno. Kate acredita que a minha mãe se encontra algures, talvez no limbo, talvez em espírito, à espera deste momento. Então porque não aguentou mais um pouco? Bem desejava que existisse uma resposta, porque não percebo por que razão a minha mãe conseguiu sobreviver cinco anos de remissão e recaída e, por oito semanas, não chegou à coisa que a fazia agarrar-se à vida. Mas não há aqui ninguém a quem perguntar. Quando o meu pai morreu, a minha mãe estava lá para dar resposta ao que não tinha resposta, para decifrar a linha de falha na nossa vida... e, de alguma maneira, conseguimos ultrapassar isso, demos a volta. Agora estou 0 a 2 e não tenho mais lances para bater.

E por isso deve estar na altura de tomar o meu amigo Vicodin.

Esgueiro-me até à cozinha para tomar um comprimido e, quando volto ao átrio, Holland faz um gesto para a porta de entrada.

– A minha mãe e o meu pai estão lá fora à espera. É melhor irmos.

E assim empilho-me no carro com eles, vou até ao sítio onde nunca mais terei de pôr os pés depois do dia de hoje, marcho com o resto da turma, sento-me a ouvir o diretor e depois ele chama-me ao palco pela última vez. A minha última tarefa; a seguir o secundário ficará para trás e a faculdade será o que tenho pela frente. Só um verão no meio.

– Daniel Jon Kellerman, o nosso orador, o melhor aluno.

Caminho até ao pódio, puxo pelos cartões com a cábula do discurso e olho para os meus colegas nas primeiras filas. Parecemos todos umas lontras, um mar abundante de lontras, com cabelo loiro ou cabelo castanho ou cabelo ruivo, com pele bronzeada ou pele negra ou pele branca. Não são eles que quero ver. Só existe uma pessoa que quero ver na assistência. Até supliquei a dada altura à minha mãe que se aguentasse. Supliquei como um menino pequeno faria. Há um par de meses quando se tornou claro que ela se aproximava do fim, supliquei: «Junho não está assim tão longe. Tu consegues, mãe.»

Que coisa mais idiota que fui fazer. Que coisa mais idiota para pedir.

Esforcei-me que nem um desalmado durante todo aquele último ano do secundário. Meti o nariz em todos os livros; não ia deixar que o título de melhor aluno me escapasse. Ela sabia que eu tinha boas hipóteses, sabia que eu lutava por isso. *O meu filho, o melhor aluno*. Imaginei-a a dizê-lo hoje, a rebentar de orgulho, de alegria. Era uma coisa que eu lhe podia dar, um último presente. Mas nem sequer sabe que o consegui, porque recebi a notícia de que era o melhor da turma três dias depois de ela se ter tornado pó. E eu sou carne e não quero estar aqui neste palco. Quero deitar-me numa jangada, fechar os olhos e deixar o pequeno comprimido branco levar-me a flutuar para a terra feliz onde não sinto dor. Está a começar a fazer efeito e, por isso, as palavras que digo, sons e sílabas sobre este momento, sobre o futuro, não me interessam e não interessam a todas essas pessoas ali na assistência. As minhas palavras não alteram a forma como me veem.

O órfão.

O pai morreu num acidente há seis anos.

Depois a mãe morreu em Abril.

Recordam-se da irmã? Foi-se embora; partiu para a China há anos. Será que alguém ainda sabe dela?

Pensam todos que me conhecem. Porque é tudo o que sou para eles: aquele tipo com um azar do caraças.

Lanço uma olhadela aos meus cartões com a cábula do discurso e faço o que eles mais querem que faça. Porque agora posso ser esse tipo. Posso ser imprevisível. Posso ser instável. Posso ser o tipo que se safa com qualquer coisa e, pela primeira vez em meses, anos, sinto-me grato por ter carta branca para dizer o que me apetecer.

Paro de ler. Rasgo os cartões ao meio e atiro com os restos azuis cortados para o ar.

– Que se foda o secundário. Que se foda toda a gente. Vou pôr-me a andar daqui para fora.

Deixem-me dizer-lhes: nunca viram uma ovação, de pé, como aquela.

CAPÍTULO QUATRO

A minha mãe ficaria furiosa se soubesse o que fiz. Tinha-se passado e tinha-me dado na cabeça.

Não literalmente. Nunca me bateu, como é óbvio. Mas ter-me-ia lançado todo o tipo de olhares severos e desapontados. *Não te criei para dizeres aos teus pares para irem para o inferno dessa forma, Daniel Kellerman.*

Esperava muito de mim. Quando eu estava no 4.º ano a fazer um trabalho sobre um livro, obrigou-me a começar tudo de novo quando leu o que eu tinha escrito e disse que mal estava legível.

– Mas o que tem de errado? – perguntei-lhe.

– Ainda não está suficientemente bom. Tens de te esforçar mais – retorquiu com uma voz suave. – Tens de te esforçar em tudo o que fazes. É só o que peço.

Revirei os olhos e refiz o trabalho e, com o passar do tempo, a abordagem dela começou a influenciar-me e tornei-me também como ela, a querer dar o meu melhor, a esperar o meu melhor.

É por isso que não consigo enfrentar Kate. Conhecia a minha mãe melhor do que ninguém e Kate com toda a probabilidade quer dar-me uma tareia. Porque fiz absolutamente o contrário do que a minha mãe teria esperado ou desejado. Saio da secundária Terra

Linda antes que Kate me consiga encontrar. Vou a pé para casa, pois são apenas poucos quilómetros, livro-me da capa e do gorro num caixote do lixo na esquina de uma rua, depois mudo para calções de ginástica quando chego a casa e vou para a garagem, com a minha cadela logo atrás, a seguir-me, e instalo-me no aparelho de ginástica que lá há. Pois, é a minha vida. A treinar no dia da formatura. Há alguma coisa melhor do que isto?

Mas não quero ir a uma festa e não quero ter de ingerir uma refeição elegante nalgum restaurante elegante com pessoas que estão lixadas comigo, ou pessoas que sentem pena de mim, ou pessoas que sentem as duas coisas, para não mencionar a minha própria aversão pelo que aquele tipo no palco, vestido com a minha capa e gorro, acabou de fazer.

Além disso, tenho de resolver o que fazer com todas as nossas *coisas*. Kate pode ser a testamenteira do testamento da minha mãe, mas Laini e eu somos os beneficiários e há tanta *coisa* para decidir, dinheiro para ser movimentado, contas para serem administradas, bens para serem distribuídos.

Como perucas. Tipo, o que faço com todas aquelas perucas?

Solto uma risada forçada, porque foi muito mais fácil, sendo *fácil* um termo incrivelmente relativo, quando o meu pai morreu. A minha mãe tratou de tudo. Tratou de todos os telefonemas e decisões, enquanto Holland fazia *brownies* e me mostrava vídeos estúpidos de gatos na Web para tentar que eu me risse de novo. Porque era isso que o meu pai e eu sempre tínhamos feito juntos: *divertir-nos*. Divertíamo-nos incrivelmente bem. Passávamos sábados inteiros na piscina, inventando jogos e fazendo corridas um com o outro. Saíamos para comprar dónutes ou gelado e conversávamos sobre coisas ao acaso. Líamos juntos todos os livros da coleção Get Fuzzy. Quando ele se foi, aquela propensão para a diversão avariou-se e Holland estava determinada a preencher o papel de produtor de humor na minha vida. Fê-lo de forma competente, ao mesmo tempo que a minha mãe nos mantinha a funcionar como família.

Mas agora a minha apólice de seguro parental caducou por completo e por isso compete-me a mim e à minha irmã resolver coisas como perucas, verbas para a faculdade e o apartamento em Tóquio.

Começo a fazer exercícios para os peitorais e deixo que os meus pensamentos me levem até Tóquio, onde nasci, visto que os meus pais trabalhavam ambos para empresas japonesas na altura. Regressámos à Califórnia quando eu tinha três anos, mas continuámos a voltar a Tóquio para passar férias. Agora temos lá uma casa, um apartamento na zona de Shibuya, o centro da Tóquio jovem, com néones, luzes e cartazes do tamanho de Marte, com lojas e armazéns abertos o tempo todo, raparigas supermodernas com brincos de cartas de jogar que fazem ressoar saltos altos dourados nos passeios e tipos que usam calças xadrez e botas pretas de atacadores.

Quando éramos uma família de quatro, passávamos férias de verão e inverno em Tóquio. O meu pai, a minha mãe, Laini e eu. Comíamos massa asiática e peixe, comprávamos banda desenhada que eu não conseguia ler e pedíamos a quem quer que passasse para nos tirar fotografias.

Já não vou a Tóquio há um ano porque estive demasiado ocupado com o meu último ano do secundário, demasiados testes, trabalhos, candidaturas às faculdades, etc. Mas a minha mãe foi lá consultar o Dr. Takahashi, que dirige uma clínica para doentes de cancro que é parte medicina oriental, parte medicina ocidental. Na primeira viagem que fez para o ir consultar, levei-a ao aeroporto e acompanhei-a até entrar para a zona de embarque. Ela ia praticamente a saltitar de entusiasmo. «Se existir alguma cura milagre, é esta. *Ele* é essa cura», disse. Acreditava nele e, por isso, eu também acreditei, sobretudo quando ela se sentiu melhor do que há anos não sentia. Estava a dar resultado, aquela mistura de medicina tradicional e tratamento alternativo. Takahashi era a última grande esperança da minha mãe, por isso ela foi ao consultório dele pelo menos uma vez por mês no último ano. Cheia de esperança, todas as vezes. Eu sentia-me cheio de esperança, todas as vezes. Durante algum tempo, toda aquela esperança produziu os seus efeitos.

Agora, tudo o que tenho é um apartamento em Tóquio para provar tanta aspiração, tanto anseio.

Porque Laini disse a Kate a semana passada (mandou um *e-mail* a Kate, deveria dizer) que dependia inteiramente de mim decidir o que fazer com o apartamento em Shibuya.

Fico com ele ou vendo-o? Alugo-o? Ou mando a Califórnia para o raio que a parta e crio um novo lar longe, muito longe daqui?

Arrisco um sorriso com o plano. Porque em parte gosto dessa ideia. Sair daqui e nunca mais olhar para trás.

Mudo para os halteres, trabalho os tricípites, depois os bicípites, a pensar no apartamento vazio, a imaginar o pó a acumular-se nas ripas de madeira do *futon* do quarto em que durmo. Nunca passei um mau bocado em Tóquio. Nunca passei um mau bocado de maneira nenhuma.

Talvez esteja na altura de regressar.

Arrumo os pesos e viro-me para *Sandy Koufax.*

– Queres ir dar um passeio?

Ela abana a cauda. Gosta da palavra *passeio.*

Volto a entrar em casa, ignorando as mensagens de Kate, Jeremy, Ethan e todos os outros. Fecho o piano, cerro-o com fita-cola em vários sítios e depois coloco um aviso em cima que diz NÃO MEXER. A SÉRIO. NÃO MEXER.

Deixo a porta destrancada para Jeremy e Ethan poderem entrar quando quiserem e fazer o que quiserem. É um acordo que funciona; não tenho propriamente de dizer alguma coisa, mas há pessoas por ali de vez em quando, fazendo com que a casa esteja um pouco menos vazia. Depois ponho a trela a *Sandy Koufax* para a levar a dar uma volta pelas colinas de Hollywood. Enquanto cobrimos os trilhos de terra batida, conto-lhe a minha última viagem a Tóquio, há um ano. Conto-lhe a visita ao mercado do peixe com a minha mãe a usar a sua peruca cor-de-rosa, falo-lhe da estranha panqueca de polvo que comi num carrinho ambulante perto da Universidade de Tóquio e conto-lhe aquela vez em que acabei por almoçar com um grupo de estudantes universitários japoneses, que me convidaram para a mesa deles onde jogavam um jogo com pauzinhos, que não fazia qualquer sentido para mim, mas toda a gente se ria e depressa comecei também a rir. Talvez os consiga encontrar outra vez. Voltar ao mesmo restaurante, aprender a jogar aquele jogo dos pauzinhos.

Conto-lhe tudo isto e ainda mais e, em breve, percorremos quilómetros e o sol está tão baixo no céu que as veredas são agora sombra. Descubro o caminho de volta ao carro alugado que Kate me arranjou e abro a porta da frente para *Sandy Koufax*. Ela salta para o assento do passageiro e enrola-se numa bola, a ofegar. Ligo o ar condicionado no máximo para ela.

Estaciono a várias casas de distância, porque há carros por todo o lado, entalados em todos os centímetros quadrados de passeio, e o barulho, a música e a loucura derramam-se da minha casa, do meu jardim e da minha piscina. Estou surpreendido por os vizinhos não se terem queixado, mas suponho que ainda tenho aquele livre-trânsito, por isso ninguém diz nada quando toda a secundária Terra Linda comemora na minha casa.

Aproveitem a piscina. Aproveitem o frigorífico. Desfrutem.

Entro furtivamente, um ladrão silencioso, e ninguém repara no anfitrião, o homem do momento, e por mim tudo bem porque gosto de barulho muito mais do que gosto de silêncio.

Além disso, de qualquer maneira, há uma parte de mim que já está fora do país.

CAPÍTULO CINCO

Limpo tudo na manhã seguinte, arrastando um saco de lixo pelo jardim, eliminando os restos da festa que se tornou o pano de fundo para outra noite nesta casa. Toda a gente já se foi embora agora, mas não disse a ninguém que estou a pensar em sair daqui. Que estou a pensar que uma viagem rápida pode muito bem ser o que o médico prescreveu. Além disso, tenho de tratar o apartamento de Tóquio como um investimento e, para isso, devo avaliá-lo com atenção, inspecioná-lo, considerá-lo.

Certo?

Afastaria a minha mente deste verão iminente que se interpõe como uma caverna entre hoje e o início da faculdade, quando poderei embrenhar-me nas aulas e afastar-me da minha casa e de todos os seus quartos que ecoam, todos os quartos em que já não entro. Ou talvez devesse passar o verão a fazer voluntariado. Ia para a biblioteca, arrumar livros, ouvir aquele velho surfista grisalho que passa os dias a dar entrada e saída dos livros e a conversar com os clientes. Podia sorrir e assentir enquanto ele me falava das ondas que costumava surfar no Pacífico. Não teria de dizer uma palavra. Seria apenas o público dele e teria ar condicionado.

É que não posso jogar basebol como costumava nos verões. O meu braço dos lançamentos, que durante anos atirou bolas atrás de bolas, está arruinado, graças a uma lesão no ombro no ano passado. E não posso tomar conta da minha mãe, ou ir ao cinema com Holland. Não é que tenha propriamente quaisquer planos para os próximos três meses.

Apanho o último detrito da festa e volto para dentro. Quando atiro com o saco do lixo, o meu telemóvel toca. A foto de Holland aparece e algum vestígio de autopreservação aconselha-me a enterrar o telefone nas almofadas do sofá. Mas o meu desejo por ela é mais forte e vence.

– Olá – diz ela, falando primeiro.

– Olá.

– Lembras-te daquele tipo que costumava pintar-se de prateado e fazer todos aqueles movimentos de robô na Promenade?

– Claro.

– E como nunca fala? Mesmo se falamos com ele, ele continua numa de perfeito robô?

– Pois.

– Bem, envolveu-se numa briga com outro robô. Um robô dourado!

Rio-me.

– Tipo, bateram um no outro?

– Estavam quase, mas um polícia separou-os. Parece que o dourado estava a intrometer-se no território do prateado.

– Que loucura – digo, imaginando pessoas pintadas de robôs aos socos. Teria sido uma boa forma de passar uma tarde.

– Então – começa Holland e depois interrompe-se, como se as palavras que estava prestes a dizer se tivessem evaporado. De algum modo, lá as encontra. – Bem, eu ia almoçar. Queres vir ter comigo?

– Sim – respondo e em poucos segundos estou no carro para ir ter com ela.

Encontro-a na esplanada de um café. Holland usa grandes óculos de sol castanhos, puxados para trás na cabeça. O sol está forte, mas não escuda os olhos. Fita-me a direito quando me encaminho para ela e me sento a seu lado. Veste uma saia curta, aquela saia de bombazina verde que usou quando fomos ao cinema uma vez no verão passado e nos sentámos na última fila e mal vimos uma cena no ecrã.

Também consigo cheirar nela a loção doce de limão. A loção dela, o aroma dela.

– Adoro este tempo – declara e inclina o rosto para o sol.

Fecha os olhos e absorve os raios e tenho rédea solta para olhar para ela. Para o seu pescoço, garganta, ombros, visto que está a usar um *top* sem mangas. Esqueçam o voluntariado na biblioteca. Talvez Holland me leve a almoçar todos os dias deste verão. Talvez ela apanhe banhos de sol e eu passe os dias a olhar para ela.

Abre os olhos, vê-me a olhar para ela. Mas não desvia o olhar e eu também não.

– Porque, sabes, sou alérgica ao frio.

– E ao nevoeiro – acrescento, porque conheço este discurso, sei o que ela sente em relação ao frio e ao calor e é tão fácil voltar à nossa galhofa, às nossas cavaqueiras.

– E a qualquer temperatura abaixo de vinte graus.

– E ao frio do vento.

– *Frio do vento*. A pior coisa jamais inventada.

– E à neve. E ao gelo.

– Claro. Não esqueçamos o gelo – diz ela e finge tremer.

Depois o empregado aparece e pergunta o que queremos. Ela pede uma sanduíche e eu faço o mesmo. Mesmos pedidos, mesmas escolhas, mesma comida que costumávamos preferir quando aqui vínhamos antes. Um grupo de amigos mais ou menos da nossa idade senta-se na mesa ao lado da nossa. Duas raparigas, dois rapazes. Uma das raparigas tem cabelo loiro curto, a outra uma madeixa azul no cabelo, riem-se por já ter terminado o colégio interno e falam do início da Juilliard, ao que parece.

– Então em relação à cerimónia de formatura – começa Holland.

Ergo uma mão, os reflexos a entrarem em ação.

– Foi por isso que me convidaste para almoçar? Porque na realidade não quero conversar sobre isso. Tenho a certeza que a tua mãe já me repreendeu ferozmente no meu *voice-mail*.

– Achas que é isso que vou fazer?

Como se eu ainda tenha *alguma* ideia do que ela vai fazer. Como se eu tivesse alguma pista de que ia excisar-me da sua vida depois de todas as suas promessas, todas as suas palavras, todas as formas de me dizer que não éramos como nenhum outro casal do secundário, que éramos diferentes, que podíamos durar. Repetiu todas essas promessas, e eu também, no dia em que partiu a guiar para San Diego. Acreditei em todas elas. Mesmo em todas. E então, *puf*. Executou o seu número de desaparecimento.

E, no entanto, aqui está ela, a centímetros de mim, as pernas nuas suficientemente perto para eu poder passar-lhe uma mão pelo joelho, vê-la estremecer e sorrir e depois pedir-me-ia para fazê-lo outra vez. O meu corpo está repleto de completo vazio e, ao mesmo tempo, de completo desejo, só que não existe espaço suficiente dentro de mim para ambos, por isso brigam, discutem e passam fita crepe para pintura pelo meio de mim para me dividir.

– Achei que foi incrível. Tipo, o género de coisa épica de que as pessoas vão falar durante anos. *Lembras-te daquele dia em que Danny Kellerman nos disse a todos para nos lixarmos*?

– Creio que as palavras foram *que se foda toda a gente*, Holland. – Não consigo resistir a provocá-la neste aspeto. Nunca praguejou. Nunca lançou a bomba da palavra começada por F.

– Pois – retorque. – Além disso não perdeste muita coisa. Quer dizer, estiveste no meu jantar de formatura. É só uma oportunidade para as pessoas contarem histórias constrangedoras a nosso respeito.

– Como aquela vez em que atiraste o teu exemplar de *Na Minha Morte,* de William Faulkner, para a piscina, chamando-lhe *No Meu Chumbo*? – digo, relembrando as histórias partilhadas há um ano quando Holland terminou o secundário e a minha mãe e eu nos juntámos à família dela para o jantar.

– É o romance mais cruel que se pode escolher para os finalistas do secundário.

– Ou como anunciavas a cada poucos meses que tinhas um novo plano para o que querias estudar na faculdade. Às vezes, era ciências do ambiente; outras vezes, era história francesa – observo, desencadeando outra viagem ao passado.

E não sei porque estou a fazer isto, porque me comporto como se fôssemos ainda aquelas mesmas pessoas que foram jantar juntas com as nossas famílias há um ano. Exceto que é bom recordar quando fui feliz.

Holland e eu estávamos juntos no verão antes do meu último ano na secundária Terra Linda e do ano de caloira dela na UCSD. Tudo começou depois de eu lhe ter dado aquele anel da estrela. Eu estava nervosíssimo antes de lho dar, porque, apesar de *saber* que alguma coisa fermentava entre nós, com todas as insinuações e *flirts*, não *queria* propriamente acreditar. Enganava-me a mim próprio, achando que ia apenas dar-lhe aquele anel pateta, um pequeno anel descodificador barato, como o tipo de coisa que se encontra numa máquina de bolas de pastilha elástica. Fui até casa dela e tanto o pai como a mãe tinham saído, era a meio do dia, por isso Holland estava a fazer o que qualquer rapariga californiana que tivesse acabado de se formar no secundário estaria a fazer. A divertir-se com todas as suas amigas na piscina. Caitlin e Anaka, Elle e Lila. Eram muitas e era evidente que havia demasiados biquínis e demasiada carne para eu conseguir ver direito, ou conseguir oferecer um presente a uma rapariga sem me sentir supremamente estúpido.

Mas Holland não se importava que as amigas lá estivessem. O rosto animou-se quando abriu a porta.

– Vem para o pé de nós, Danny – convidou e acenou para a piscina.

– Tenho de ir a outro sítio – respondi e estendi-lhe a caixa com o anel.

– Vem. Fica. Fica, por favor.

– Tenho de ir.

Mais tarde, à noite, ela veio ter comigo à praia quando eu passeava *Sandy Koufax* à beira das ondas. Marchou direita a mim e ergueu a mão. O anel repousava no dedo indicador direito.

– *Adoro* este anel, Danny. Gosto tanto deste anel.

O coração ricocheteou-me no peito.

– Gostas?

– Gosto.

Um passo em frente. Era como uma dança lenta e sabemos o que vem a seguir, sabemos que vamos ficar juntos e é tudo um crescendo delirante.

– Lembras-te daquela vez que me ajudaste em cálculo no princípio do ano? – começou ela.

– Sim.

– E como não gozaste comigo por eu não entender números inteiros ou derivadas ou lá o que era?

– Porque haveria de gozar contigo por causa disso?

– Porque és mais esperto que eu.

– Isso não é verdade – retorqui. Eu era apenas bom na matéria.

– Mas a questão é que não fiquei envergonhada por te pedir e sabia que me ajudarias e tu ajudaste. E então todas aquelas vezes que me deste boleia para a escola e vieste sempre tocar à porta para me vires buscar? Nunca buzinaste.

– O meu pai sempre me disse para nunca buzinar quando paramos em casa de alguém. Para desligar o carro e ir até à porta buscar as pessoas.

– Ou então aquela vez que a minha mãe e o meu pai estavam fora e eu encontrei um opossum dentro de casa?

– Era bastante horripilante. – Ri-me, recordando o opossum debaixo do sofá.

– E a primeira coisa que fiz foi telefonar-te. E tu vieste logo.

– Bem, guinchaste um pouco ao telefone. Mas também tinhas um opossum debaixo do sofá. Claro que eu tinha de ir – retorqui e senti que todas as palavras eram como magia no ar noturno, porque sabia que todas as palavras me levariam para mais perto dela. – Mas não fui eu que te salvei do opossum.

Fiz um gesto com a testa para a minha cadela. Levara *Sandy Koufax* e ela expulsara aquele opossum para fora de casa e para o jardim traseiro. Holland fechara com rapidez as portas e depois insistira em fazer um bife para a cadela, que ficara ali junto às portas de correr de vidro a fitar a noite, de vigia ao opossum que quase comera como jantar.

– A questão disto tudo é... que tu és fantástico. Por isso está mais que na altura de admitirmos.

Aproximei-me mais dela. Estava a acontecer. Isto era real.

– Admitir o quê? – perguntei, provocando-a.

– Isto.

E os seus braços envolveram-me o pescoço e os meus lábios pousaram nos dela, macios e quentes e melhores do que todas as vezes em que imaginara beijá-la. O seu corpo perfeito estava comprimido contra o meu, a minha mente planava e todo o meu corpo fervilhava.

No final do verão, Holland partiu para a faculdade, mas tínhamos planos. Íamos ver-nos duas vezes por mês. Eu ia até lá ou ela vinha de quinze em quinze dias. Mas na primeira vez que eu devia lá ir visitá-la, a minha mãe precisou de uma transfusão de sangue e, apesar de Kate insistir que tomaria conta dela nesse fim de semana, eu não ia deixar a minha mãe sozinha. Cancelei a visita e fizemos planos para duas semanas depois. Mas então Holland telefonou e contou-me que tinha um enorme projeto para entregar na cadeira opcional de estudos feministas na segunda-feira de manhã e que se eu fosse ela não tocaria no trabalho, só tocaria em mim e por isso tinha de me resistir, um sentimento que foi ridiculamente cativante na altura.

Quando falámos de novo, ela era uma pessoa inteiramente diferente. Era como se tivesse uma máquina dentro dela que lhe movimentasse a boca com as suas mãos de robô e lhe transformasse a voz num frio computador falante.

– Danny, agora estou na faculdade. Preciso de pôr a minha cabeça em ordem. Preciso de me concentrar.

Uma rutura completa.

Não voltei a vê-la até ao funeral da minha mãe. Ela até leu na cerimónia fúnebre uma frase de *O Principezinho*, qualquer coisa sobre viver nas estrelas, ou rir-se nas estrelas, ou qualquer coisa que, basicamente, pretende consolar-nos e retalhar-nos o coração ao mesmo tempo. Quase me passei quando ela se levantou e leu aquilo e ela também.

Agora estamos a almoçar.

– Bem, a faculdade é uma porcaria – diz Holland depois de o empregado lhe trazer um chá gelado. – Detestei literalmente tudo do meu ano de caloira.

– Detestaste? – Isto é novidade para mim. Mas, por outro lado, tudo na vida dela nos últimos meses é novidade para mim.

– Todas. As. coisas.

Leva a mão ao pescoço, apalpando o fio, tocando no penduricalho com a palavra Sarah. Vejo-a remexer naquilo e depois largá-lo para beber um gole. Então percebo porque disse que a faculdade é uma porcaria. A amiga morreu.

Logo estamos a comer as sanduíches e ela está a pagar a conta, apesar de eu tentar muitas vezes, mas ela insiste. Agradeço-lhe quando nos afastamos do café. Ela para, inspira fundo e vira-se para mim.

– Queres ir ao cinema?

– Ao cinema?

– Sim, aquela coisa em que projetam duas horas de atores famosos em situações impossíveis no ecrã.

– Estou familiarizado com o conceito.

Mas *cinema*? Isso era o que fazíamos *antes*. Víamos filmes de ação com muitos tiros. «Quanto mais coisas explodirem melhor», era o mantra de Holland. Não tinha qualquer interesse em concorrentes aos Óscares, ou dramas silenciosos, ou romances de época com sotaques ingleses. «Quero fogos, quero cenas de perseguições e quero tipos a saltarem de janelas de décimos andares e depois a correrem pelas ruas como se nem sequer tivesse doído.»

Eu queria o mesmo. A vida já estava repleta de dramas familiares. Não precisava deles no ecrã.

– Ouvi dizer que há um novo filme do Jason Statham no cinema ali do lado – diz, lançando o nome da nossa estrela favorita de filmes de ação. – Podíamos comprar pipocas e gomas.

Era aí que víamos filmes o verão passado, quando andávamos, quando estávamos juntos.

– O que queres dizer com isso? – pergunto, com o coração a latejar-me na pele, numa tentativa para escapar, insurgente, e aterrar nas mãos dela. Quererá dizer ir ao cinema como fazíamos quando éramos amigos ou quando éramos *mais*? Porque só ela me poderia fornecer a razão para ficar na Califórnia, se quisesse *mais*.

– Queres ir? Sabes, para recordar os velhos tempos.

Certo. Para recordar os velhos tempos. Porque devíamos ser outra vez amigos, não mais.

– Na verdade, não me apetece ir ao cinema. – Filmes, almoço, visitas na manhã da cerimónia de formatura, não preciso da piedade dela. Não preciso que tente ressuscitar a nossa amizade porque sente pena de mim.

– Então queres levar *Sandy Koufax* a dar uma volta? Podíamos passear e conversar.

– Conversar? – Aquela palavra soa tão estranha, como se estivesse agora a falar outra língua.

– Claro. *Conversar* – repete, bastante hesitante, como se já nem sequer tivesse a certeza de como forma as palavras.

– Tenho planos com Trina – afirmo, afastando-me para ela não me poder ver o rosto quando minto.

– Danny.

Viro-me e ela parece um instantâneo fotográfico, como se tivesse sido apanhada a dar um passo na minha direção.

– Que é?

– Nada – responde com rapidez. – É só que... aparei as orquídeas hoje. Agora estão com melhor aspeto.

CAPÍTULO SEIS

No dia seguinte, vejo o correio pela primeira vez há uma semana. Não há mais cartões de condolências. Já vieram todos e acabaram-se. Os *sinto muito*, as orações, os *os meus pensamentos vão para ti* terminaram. Toda a gente disse o que precisava de dizer às pessoas enlutadas e toda a gente seguiu com as suas vidas normais, felizes, alegres e ruidosas.

O correio só traz recordações. Catálogos de ferramentas de jardim. Impressos para pedidos de bolbos para túlipas, jarros, dálias. Há até um folheto de uma empresa de árvores amiga do ambiente a oferecer à minha mãe um arbusto de lilases. Ela adorava lilases. Era a sua flor favorita. Lilases silvestres em árvores. Tenho a certeza que parava e cheirava todos os arbustos de lilases que via. De vez em quando cortava um ramo e punha-o numa jarra, mas a melhor forma de apreciar os lilases era na natureza selvagem, dizia. Depois piscava o olho e acrescentava: *A natureza selvagem de Los Angeles.*

No dia da mãe, quando eu tinha dez anos, acordei cedo e saí de casa com um par de tesouras de podar. Tínhamos um vizinho a alguns quarteirões que possuía um enorme arbusto de lilases de um dos lados da casa. Mas era um desses tipos que não gostava de miúdos, um desses tipos que grita *sai do meu jardim, seu franganote atrevido*. Mas a minha mãe invejava os lilases dele. Por isso, entrei furtivamente no jardim, cortei alguns ramos e corri outra vez pela rua fora para nossa casa. Coloquei os lilases num copo e ofereci-os à minha mãe quando ela acordou.

– Seu pequeno malandro – observou quando lhe contei a história.

– Gostas deles?

– Adoro-os. São perfeitos.

Nos dias seguintes aspirou-lhes o perfume em todas as oportunidades que encontrou.

Deito os catálogos e tudo o resto que estava na caixa do correio no caixote verde da reciclagem no final da rampa de entrada. Quando os papéis caem, vejo a Sra. Callahan do outro lado da rua. Está no seu alpendre, no baloiço, a beber um copo de chá gelado. Tem um livro na mão e acena-me.

– Boa tarde, Daniel – grita.

Aceno em resposta e viro-me para entrar em casa. Lanço mais uma vez uma olhadela ao caixote verde e só por acaso, por acidental, estúpida e pura sorte, vejo uma coisa que não se parece com um catálogo. É uma carta, escrita à mão, praticamente um artefacto antigo nos dias que correm.

Estendo a mão para o envelope. É dirigido a mim, o meu nome está escrito como se fosse um exercício de caligrafia com algum tipo de caneta de ponta de feltro. O selo é japonês e o nome no endereço do remetente, «Kana Miyoshi», é tão familiar. O meu cérebro está a sentir picadelas, como se alguém estivesse a bater com agulhas na minha cabeça, a tentar desencadear uma recordação. *Kana Miyoshi*. Profiro o nome em silêncio e depois sussurro-o:

– Kana.

A minha mãe mencionou Kana algumas vezes. Kana é a filha adolescente da mulher que tomava conta do apartamento quando a minha mãe lá não estava. Kana vive em Tóquio. Kana conheceu a minha mãe.

Kana conheceu a minha mãe.

Todas as outras pessoas estão a esquecer a minha mãe. Mas talvez esta rapariga se lembre dela.

Espreito rapidamente para a Sra. Callahan. Está a observar-me sem me observar, os olhos alternando entre mim e o livro. Sei que não tem olhos biónicos. Sei que não consegue ler a carta do outro lado da rua.

Mesmo assim, não é uma carta que vá abrir em frente de qualquer pessoa.

Volto a entrar na minha casa sinistramente silenciosa e sento-me ao balcão da cozinha. Enfio um dos polegares por baixo da aba do envelope, mas, antes de o rasgar, percebo que a minha mão treme. O meu coração também bate mais depressa, como se esperasse que esta carta revelasse segredos. Sei que não é da minha mãe; sei isso. Mas, neste preciso momento, é a coisa mais parecida com uma ligação com ela. Com qualquer pessoa.

Viro-me para a minha cadela.

– É uma carta de Kana – digo para *Sandy Koufax*, que está estendida no sofá ali perto. As pernas dela espetam-se para o ar. As de trás parecem coxas de frango com aqueles quadris carnudos que tem. Inclina a cabeça na minha direção. – O que achas que diz, *Sandy Koufax*?

Sandy Koufax ouve a minha pergunta e espera por uma resposta.

Puxo a carta para fora do envelope e sinto que já não estou em Los Angeles. Estou a milhares de quilómetros, no Japão, em Tóquio, na zona de Shibuya. Tento livrar-me da sensação, mas, quando desdobro a carta, consigo ver, cheirar, ouvir, saborear Tóquio. Até o papel parece asiático.

Caro Daniel

Olá! Chamo-me Kana Miyoshi e a minha mãe, Mai, cuida do teu apartamento na Rua Maruyamacho. Estávamos a limpar o apartamento e descobrimos vários medicamentos receitados nas prateleiras.

Lista os remédios e anota se os frascos foram abertos. A maioria está assinalada não aberta. Estranho.

Gostarias que te enviássemos os medicamentos, os deixássemos aqui, ou nos desfizéssemos deles? Lamento aborrecer-te com este assunto aparentemente trivial, mas temos de ter cuidado com a forma como lidamos com medicamentos e outros produtos relacionados.
Agradecemos a tua opinião.
Também é habitual em situações como esta que informemos a família dos objetos pessoais no apartamento.

Depois faz uma lista de coisas como roupas, fotografias e outros objetos, mas o que me prende a atenção são as linhas seguintes.

Tratei das contas e juntei os cartões e as cartas. Posso enviá-los se quiseres ou deixá-los aqui.
Há também vários livros de palavras cruzadas, um pacote de sementes de lilases e a peruca cor-de-rosa da tua mãe. Talvez a conheças? É a peruca rosa forte e, como tenho a certeza que sabes, era a sua favorita. Deve tê-la deixado aqui na última visita, no inverno. Usou-a quando visitámos o seu templo favorito. Tenho uma fotografia desse dia, que posso enviar, mais quaisquer outras coisas que queiras.

A tua mãe era uma mulher encantadora. Às vezes, tomávamos chá com ela na casa de chá Tatsuma e ela contava-nos histórias maravilhosas da família, sobretudo de ti. Apreciava muito a casa de chá e gostava de se rir e dizer que ia lá apenas para cumprir as ordens do médico. Gostaria também de te dizer que ela estava sempre feliz quando aqui estava. Creio que era a pessoa mais alegre que já conheci e talvez sobretudo nos últimos meses.

Cumprimentos
Kana

Depois há um número de telefone e um endereço de *e-mail* por baixo do nome. Mas não ligo, nem escrevo nada no computador, porque já estou a subir as escadas, a dobrar a esquina, a abrir a porta para o quarto da minha mãe pela primeira vez em dois meses, um quarto que evitei de propósito porque o vazio poderia matar-me. Não olho em volta; dirijo-me logo para a casa de banho dela.

Abro com um sacão o armário dos remédios, à procura de frascos de medicamentos. Mas não há lá nenhuns. Apenas pasta de dentes, batom, verniz das unhas, loção e uma lima de unhas. Será que Kate os levou? Deitou fora os remédios não usados? É a única outra pessoa que esteve na casa. Fecho a porta espelhada com rapidez e abro as gavetas por baixo do lavatório, descobrindo toalhas, lenços de papel e um secador de cabelo que mal foi usado nos últimos anos.

Saio, pondo as mãos em pala nos olhos quando passo pela cama que está feita há dois meses e volto lá para baixo.

Leio outra vez a carta, centrando-me, desta vez, no templo e na casa de chá. A minha mãe mandava-me *e-mails* todos os dias quando estava lá a fazer os seus tratamentos e contava-me como se sentia bem, mas nunca mencionou um templo e, sem dúvida que nunca disse uma palavra sobre Tatsuma qualquer coisa, com certeza não que o bom do médico a tinha mandado a uma casa de chá, de entre todos os sítios possíveis.

Sempre que voltava de uma visita, falava-me dos tratamentos, de como a combinação de ervas, dieta, fármacos e medicina tradicional parecia estar a funcionar melhor do que qualquer coisa que tivesse tentado antes. Certa vez, quando passeávamos a cadela até ao nosso café favorito, chá verde para ela, café para mim, disse que conseguia perceber, conseguia mesmo perceber, e bateu no coração, com os olhos a cintilar de esperança, que a abordagem de Takahashi estava a resultar.

Estava a ficar melhor de verdade, definitivamente.

Mas então o cancro voltou em força e quando lhe fazia perguntas sobre as visitas, sobre a cura milagrosa que não tinha durado, ela desviava a conversa para o tema da escola, ou da cadela, ou dos meus planos para a faculdade.

Talvez existisse alguma coisa que me quisesse contar sobre o tempo que passava em Tóquio, sobre os tratamentos lá, sobre a sua última grande esperança, mas não conseguisse perceber como o dizer?

Não sou religioso, não sou espiritual, nem sequer sei se acredito em alguma coisa, porém, aqui está esta carta que chega dias apenas depois de eu começar a pensar numa viagem a Tóquio e parece uma mensagem *de outro mundo*.

Porque, se existem histórias sobre a vida dela que ainda não foram contadas, partes dela que eu ainda *poderia* vir a conhecer, é quase como se a minha mãe não tivesse partido por completo. Talvez ela até pretendesse que eu as ficasse a conhecer *agora*, que descobrisse essas partes dela quando preciso mais delas? Porque, se resta ainda um pedacinho da minha mãe neste mundo, então talvez eu não me sinta tão desancorado o tempo todo. Talvez consiga sentir de novo aquela coisa chamada felicidade.

Sim.

É *isto* que eu devo fazer este verão. É assim que devo passar os meus dias. A tentar perceber como era ela *a pessoa mais alegre* quando estava a morrer. Porque eu estou a viver e sem sombra de dúvida que não faço a mínima ideia de como sentir qualquer coisa senão vazio.

Abro o meu portátil e escrevo *casa de chá Tatsuma* no *browser*, mas não consigo encontrar nenhum *website*, apenas a indicação de um local em Shibuya nalguns guias da cidade. Existe uma crítica pequena num desses *sites*, por isso copio as palavras japonesas para um tradutor *online* e leio o resultado.

O chá Tatsuma é uma cura muito regenerante.

A palavra cura soa a *déjà vu*.

A minha mãe nunca falou desta casa de chá, mas, sem sombra de dúvida, usou palavras como *cura*. Apetece-me bater-me por não ter ido a Tóquio com ela na sua última demanda de uma cura, por não ter ficado a conhecer o último médico que cuidou dela. Porque entendo que chá verde deve ser bom para nós e tudo isso, mas *ordens do médico*? O que se passa aqui?

Podia telefonar ou mandar um *e-mail* a Kana, mas não quero dizer-lhe qualquer coisa errada, a esta rapariga que pode possuir a chave para todas as coisas que não sei sobre a minha mãe, todas as coisas que a fariam reviver um pouco. Em vez disso, tenho de me armar de uma dose disparatada de fé e arriscar falar desta carta à única outra pessoa que não está a esquecer a minha mãe.

Quero contar a Holland. Quero mostrar-lhe a carta e estudar a carta e falar da carta e desencantar um plano juntos, uma mapa do que fazer a seguir. A minha decisão de ir a Tóquio é a primeira coisa que sinto como uma chispa, como um clarão de luz e cor, há meses. Porque é *alguma coisa*; é movimento; não é apenas a enorme vastidão de dias ocos, intermináveis.

Agarro no telemóvel, nas chaves e na carteira. Mas, quando fecho a porta, recordo a chicotada do almoço de ontem. A forma como falámos um com o outro como costumávamos falar, depois a forma como não sabemos nada como falar um com o outro. Não posso partilhar esta carta com uma pessoa que conhece tudo de mim, mas não quer tudo de mim.

Meto-me no carro de aluguer e dirijo-me para o hospital ao encontro de Trina. Ela tem um intervalo dentro de alguns minutos.

Na cantina, Trina abana com firmeza três pacotes de açúcar entre o polegar e o indicador. Nunca usa adoçante artificial. «Demasiados químicos. Vão dar cabo de nós», gosta de dizer. «Pelo menos com o açúcar, sabemos o que nos faz.» Depois costuma fazer uma pausa e encher as bochechas de ar. «Faz-nos gordos!»

Rasga o trio perfeito de açúcar e despeja-o no café.

– Combustível – diz, batendo na chávena de papel. Veste calças azuis de bloco operatório, uma bata de laboratório branca e tem o cabelo preto comprido preso na nuca num rabo-de-cavalo. – Então qual é a história, assanhado?

– Uma miúda de Tóquio escreveu-me – replico e falo a Trina da carta de forma tão clínica quanto possível, como um jornalista imparcial, porque quero em troca a sua reação imparcial. Depois falo-lhe da ausência de medicamentos na minha casa.

– Vais lá, certo?

Não respondo logo, porque esperava mais troca de palavras. Esperava ter de a convencer. Mas Trina é decidida e emitiu um parecer. Inclina-se para a frente e tem essa expressão estranhamente séria nos olhos cor de avelã, como se estivesse a dizer à enfermeira para levar o doente, de imediato, para a sala de operações.

– Vais até lá, encontras-te com essa rapariga, lês os cartões, vês o templo e vais a essa casa de chá?

Bebe metade do café de uma golada. Pergunto-me se lhe queima a garganta.

– Achas *mesmo* que devia lá ir? – Eu pensava que estava louco. Pensava que andava à deriva, à procura de alguma coisa, qualquer coisa e que seria Trina a chamar-me à razão. Mas a lógica, racional, a prática Trina acha que Tóquio é uma boa ideia.

Ela acena várias vezes com a cabeça.

– No próximo voo. Vai.

– Porquê?

– Em primeiro lugar por causa dos medicamentos. É um pouco esquisito se ela não estava a tomá-los quando estava em Tóquio.

– A sério?

– A não ser que tivesse acabado de os aviar. Pode ser isso. Mas, pois, os doentes de cancro em geral tomam os seus medicamentos. Porque, sabes, os medicamentos fazem-nos sentir melhor.

– Então devo ir a Tóquio, encontrar-me com Takahashi e perguntar-lhe se a minha mãe estava ou não a tomar os medicamentos? – pergunto, parecendo o pai que se informa sobre o filho doente.

– Era o que eu faria, mas talvez seja só o facto de ser médica que me leva a sentir curiosidade em relação aos medicamentos.

– Ele diz-me? *Pode* dizer-me?

– Claro, imagino que fale contigo.

– E então toda essa coisa da confidencialidade entre médico e doente? Pensei que fosse contra as regras ou algo do género.

Encolhe os ombros.

– Tecnicamente. Mas isso tem a ver com a hipótese de nos processarem e isto não é uma série policial televisiva. Não há aqui nenhum julgamento, onde alguém é obrigado a prestar depoimento. – Depois ergue uma sobrancelha e lança-me um olhar cúmplice. – Ouve, se fosse ele, eu *falava* contigo, mas também não sou defensora de seguirmos todas as regras. – Claro que Trina já quebrou algumas regras. – Também é diferente no Japão. Os médicos lá estão habituados a falar com a família. Às vezes, a família sabe coisas antes do doente. – Estende a mão e pousa-a sobre a minha. – Além disso, Danny, que mais vais fazer este verão?

Trina di-lo de forma tão suave, tão terna, e é muito claro que estar com ela nunca constituiu uma opção de entretenimento estival para nenhum de nós. Imagino uma viagem. Podia fazer mais do que apenas decidir se fico com o apartamento. Podia ver em primeira mão a casa de chá Tatsuma, não apenas ler uma crítica confusa *online* que sugere um tipo de esperança com hipótese mínima de sucesso. Podia também visitar o templo preferido da minha mãe. Podia encontrar-me com as pessoas que a conheceram, o tipo que lhe servia o pequeno-almoço no mercado do peixe quando ela lá estava. Podia até encontrar-me com o Dr. Takahashi. Podia conversar com o médico (a última grande esperança dela) sobre a minha mãe, sobre os tratamentos, descobrir por que raio ela estava tão feliz, descobrir porque não podia aguentar mais dois meses. Tenho de imaginar que ele falará comigo também.

Podia ficar a saber todos os segredos dela, como se ela ainda aqui estivesse para mos contar.

Como se ela ainda aqui estivesse para me dizer como voltar a sentir-me inteiro outra vez.

– O que quer ela dizer com desfazer-se dos medicamentos? – pergunto, mantendo as coisas práticas, profissionais, com Trina.

Trina encolhe os ombros.

– É provável que seja a mesma coisa que aqui. Existe grande preocupação em geral, pelo menos neste país, em relação a quantos medicamentos se encontram agora no sistema de abastecimento de água. Por isso o governo tem diretrizes para a eliminação de medicamentos. Porque se não as pessoas despejam os remédios não usados na sanita e depois quantidades detetáveis dos fármacos entram no sistema de abastecimento de água – responde e bebe um grande gole do seu café. Pousa-o e depois bate com as palmas das mãos na mesa, numa espécie de remate final, um som tipo *bá-bum*. – É por isso que digo, *Acabem sempre as vossas embalagens, meninos e meninas.*

– Sabes que sigo essas ordens do médico – replico e depois dou uma palmadinha na carta. – Mas de que achas que se trata aqui? Este templo e esta casa de chá? É tipo algum novo tratamento médico para o cancro? Algum tratamento alternativo ou assim?

Não menciono o que vi naquele *site*. É apenas um *site*, só um comentário fortuito sobre o chá constituir uma cura. Mas talvez seja por isso que a minha mãe deixou de falar das suas visitas. Talvez não estivesse apenas a rir-se das ordens do médico para ir a uma casa de chá; talvez estivesse mesmo a fazer uma última aposta nalguma coisa incerta e não provada quando tudo o resto deixou de funcionar. Perturba-me um bocado que ela estivesse a recorrer a uma coisa qualquer por desespero, mas seria isso também exatamente o que eu faria, esforçar-me como tudo para aguentar, como tivesse de ser, por quaisquer meios possíveis.

Trina não responde logo. Bebe outro gole, a considerar a questão.

– Não sei, Danny. Sou mais uma rapariga de medicamentos. Mas fosse o que fosse, parece ser uma coisa boa, uma forma boa de desaparecer. – A voz suaviza-se, como se estivesse a falar com um doente preocupado. – Beber chá. Partilhar histórias. Parece simpático, não é?

Aceno com rapidez e desvio o olhar. Parece realmente simpático. Parece agradável. Estou satisfeito por a minha mãe ter estado alegre. Estou satisfeito por não ter estado com dores todos os segundos. Detesto que tenha sequer tido dores. Vê-la vomitar, vê-la definhar depois dos tratamentos, nada nos prepara para isso. Nem sequer ter perdido o meu pai. Porque, quando ele morreu, a coisa aconteceu tão depressa como um golpe. Com ela, foi um testemunhar contínuo. E, assim, os dias, as semanas, em que ela se sentia bem foram os melhores. Uma lágrima forma-se algures atrás dos meus olhos e tento empedernir-me. Não chorarei em frente da Dra. Trina Asvati. Não chorarei aqui neste hospital onde conheci Trina há seis meses quando ela trabalhava no seu turno na oncologia. Eu estava aqui todos os dias e Trina estava aqui todos os dias e, em breve, Trina e eu estávamos a curtir dentro dos armários dos materiais e de quartos vazios e era como uma dessas séries sobre hospitais onde os médicos e as enfermeiras estão sempre a dar quecas. Só que era a família do doente e eu tinha dezoito anos, mas Trina não queria saber e eu não queria saber e encaixávamos simplesmente. Duas pessoas que mal tinham tempo, energia ou disposição para se envolverem com outra pessoa. Éramos perfeitos um para o outro.

– Hei – diz ela com suavidade.

– Estou bem. Não te preocupes.

– Eu sei. E, escuta, parto para Seattle dentro de uma semana. Vão transferir-me para lá para o resto do internato.

– Verdade?

Acena com a cabeça.

– Verdade. Recordas-te de te ter dito há umas semanas que deviam ir transferir-me?

Aquiesço, mas não me lembro.

– Sabes como é com estes programas. Mudam-te de sítio.

– Certo – digo, mas não faço ideia nenhuma de como funcionam estes programas médicos.

Nem sequer sei que idade Trina tem. Não pergunto. Ela não diz. É assim que tem sido. Calculo que devia sentir-me triste outra vez, abatido de novo, mas tenho uma viagem para delinear. Tenho coisas para aprender sobre a pessoa que amei mais no mundo.

De repente, sou um homem muito atarefado.

CAPÍTULO SETE

No parque de estacionamento, consulto voos no meu telemóvel. Vejo os preços. Insiro datas. Telefono a Kate quando saio do hospital e apanho a estrada de regresso a Santa Monica.

Ela está a guiar no carro dela e posso dizer que estou em alta voz, porque uma das muitas regras de Kate é duas mãos no volante em qualquer circunstância. Diz-me para ir ter a casa dela dentro de vinte minutos, que tanto a filha como o marido saíram. Não usa o nome de Holland comigo, diz apenas a minha filha, como se essa designação a demarcasse em duas pessoas diferentes, a Holland que é a filha de Kate e a Holland que era minha.

Quando Kate abre a porta, vem vestida com calças de ginástica pretas e um *top* de ginástica preto.

– Acabei de voltar do ginásio.

– Bom treino?

– O melhor – responde enquanto eu a sigo até à cozinha.

Tudo é o Melhor para Kate. Tem o melhor dia. O melhor divertimento. Vê os melhores filmes. Lê os melhores livros. Algum dia quero ser tão feliz como Kate. Ela está feliz com quase tudo. Exceto perder a melhor amiga, mas é de aço e não revelará nada do seu próprio sofrimento à minha frente.

– Acabei de receber três tapetes novos do meu contacto turco esta semana. – Faz um gesto para o fundo da casa. – Estão no *antro da iniquidade* – brinca, referindo-se à sala dos tapetes, porque Kate é o tipo de pessoa que pode gozar com o seu trabalho.

É negociante de tapetes antigos e vende tapetes elegantes, exóticos, originais e difíceis de encontrar aos super ricos no sul da Califórnia. Não é o tipo de trabalho que se pensaria que alguém tivesse, mas é o trabalho dela e rende bastante também. O marido é advogado da área fiscal. É algo irónico, de certa forma, que ninguém que eu conheça tenha alguma coisa a ver com a indústria do cinema ou da televisão, mas toda a gente pensa que Los Angeles é só isso.

Kate e eu avançamos para os nossos lugares costumeiros na cozinha dela. Eu dirijo-me para o frigorífico e tiro uma *Coca-Cola Diet* da porta onde estão guardadas. Kate obedece também à sua rotina normal, enchendo um copo com a sua água fria e filtrada e acrescentando uma rodela de limão à borda do copo. Juro, vendo os cuidados habituais dela com a água, nunca se pensaria que esta mulher treinava no Animal House.

Encosto-me à bancada, bebo um gole do refrigerante e depois pouso a lata.

– O que sabes sobre Kana Miyoshi?

– A filha de Mai?

Aceno com a cabeça.

– O que queres saber sobre ela? Cuidam do apartamento da tua mãe. Agora o *teu* apartamento. Assumiram a gestão do edifício há um ano, substituindo a empresa anterior, por isso acho que nunca as conheceste.

– Que idade tem ela? Kana.

– Dezassete anos. Creio que lhe falta um ano para acabar o secundário. Estás a ter alguma relação fantasiosa com ela *online*?

Rio-me em silêncio e abano a cabeça. Kate não tem papas na língua. Adoro a franqueza dela em todos os tópicos menos o assunto proibido que ambos sabemos nunca dever abordar.

– Então porque perguntas?

Quero mostrar a carta a Kate, mas e se ela justificar de forma satisfatória todas aquelas coisas? E se desbobinar uma explicação rápida e óbvia sobre o templo e a casa de chá e depois essa porta se fechar? Preciso dessa porta aberta.

Encolho os ombros.

– Curiosidade, está bem?

– É o negócio normal de gestão de apartamentos. A maioria das casas de que tomam conta pertencem a estrangeiros ou outras pessoas que só vão a Tóquio algumas vezes por ano. A maioria não vive lá o ano todo. Por isso precisam de alguém no terreno para quaisquer questões ou problemas que surjam com os apartamentos. É isso que Mai faz. Mas achou que o seu inglês não era suficientemente bom, por isso é que Kana está tão envolvida no assunto. Mais alguma coisa?

– A minha mãe parou de tomar os remédios quando lá esteve?

– Creio que não. Porque faria isso?

– Parou de tomar os remédios *aqui*?

Kate abana a cabeça.

– Que eu saiba não. Porquê?

– Bem, onde estão?

– Houve coisas que arrumei depois... – Deixa a voz desaparecer. Descobre-a outra vez. – Mas não fiz nenhum inventário dos medicamentos. Não contei comprimidos. Além disso, não restavam muitos quando... – Outra frase que desertou. Outro efeito secundário da morte. As palavras ausentam-se sem pedir licença. – Por isso, desfiz-me apenas do que restava.

Talvez os medicamentos em Tóquio não estivessem abertos porque a minha mãe acabara de se reabastecer na sua última viagem. E talvez nunca os tenha tomado simplesmente porque nunca regressou a Tóquio. Isso faria sentido. Mas mesmo assim gostaria que fosse o médico a dizer-mo. Gostaria de saber quais eram as *ordens do médico*.

Kate aproxima-se e pousa-me a mão no braço.

– O que se passa, Danny? Como posso ajudar-te? Sabes que Elizabeth me pediu para olhar por ti, mas quero que saibas também que não precisava de ter pedido. De qualquer modo, fazia-o. Amo-te como se fosses meu filho. E estaria pronta a ajudar-te quer ela me tivesse pedido quer não.

Enfio a mão no bolso dos meus calções, tateando a carta, mas mantendo-a a salvo.

– Vou a Tóquio.

Kate leva um minuto a digerir a notícia, se calhar a ponderar se deve dar ou não a sua opinião. Parece saber que o seu papel neste preciso momento não é aprovar nem desaprovar.

– Vais?

– Sim. – É real. Está a acontecer.

– Porquê?

– Porque não? – contraponho.

Mas, antes de ela poder responder, o telemóvel toca, aquele som irritante do toque dela, uma canção de James Taylor.

– Lamento muito, Danny. Isto só leva um segundo. É um cliente que está com um problema. E prometi que o resolvia hoje. – Com um movimento rápido e suave, insere um auscultador no ouvido e diz olá. Há uma pausa e depois continua. – Os tapetes chegaram ontem. São fabulosos. São os melhores. Têm um motivo entrelaçado...

Desligo e deixo de prestar atenção ao resto enquanto ela namora um cliente. Acabo o meu refrigerante, olho em volta e espreito para o corredor. Apesar de Holland não estar em casa, não consigo evitar que os meus olhos errem. É o corredor onde fica o quarto dela.

A chamada termina e Kate olha outra vez para mim.

– Estás bem?

Aceno com a cabeça.

– Sim, completamente.

– Vem comigo. Tenho de ir falar com este cliente durante literalmente dez segundos. Não é assim tão longe e conversamos no carro. Tu e eu... gostamos de carros, não gostamos? – oferece-me um sorriso, a tentar que eu me ria. – E estou com o grande *Audi* confortável com os assentos em pele. E conversamos sobre a tua viagem. E falamos de todos os *sushi* de plástico que preciso que encontres para a minha coleção de *sushi* de plástico, está bem?

– Estou bem. Vai lá.

– Então, por favor, fica aqui. Ficas? Jantamos. Vou mandar vir comida chinesa. Os teus pratos favoritos. Bife com pimenta e sopa de arroz a escaldar. Regresso dentro de trinta minutos. Tenho só de tratar disto. Mas fica aqui. Vê televisão. Joga na *Xbox*, *okay*?

– Tenho de regar o jardim – digo, apesar de não ligar a mangueira há que séculos. Temos um sistema de aspersores. – Volto dentro de trinta minutos.

Então saímos os dois, mas não volto passados trinta minutos e não rego o jardim. Compro um bilhete de avião só de ida, uma vez que não sei quanto tempo lá vou ficar. Telefono para o consultório do Dr. Takahashi e não entendo uma única palavra do seu *voice-mail*, mas deixo uma mensagem pedindo para falar com ele. Depois envio um *e-mail* a Kana Miyoshi, agradecendo-lhe a carta, dizendo que chegarei no final da semana e que ficaria muito grato se pudesse ir ter comigo ao apartamento para me abrir a porta, pois não tenho chave.

CAPÍTULO OITO

Duas horas depois, Holland aparece à minha porta. Traz embalagens de comida chinesa e a mala de lona preta ao ombro.

– Não creio que o arroz ainda esteja a crepitar, mas o bife com pimenta fica bom se o aqueceres.

– Obrigado – digo.

– Posso entrar?

Aceno com a cabeça e ela vai direita à minha cozinha, tira uma tigela de cerâmica, despeja lá a sopa e mete-a no micro-ondas. Conhece a minha casa tão bem como eu conheço a dela. Às vezes, é assustador, o facto de sabermos tanto acerca um do outro. Ela sabe de que comidas gosto, que livros leio, que filmes eu veria até ao fim e os que abandonaria a meio.

Sento-me e deixo-a servir-me porque ela parece querer. Pousa a tigela de sopa à minha frente, remexe na gaveta dos talheres à procura de uma colher. Passa-ma. A seguir aquece o bife com pimenta e divide-o por dois pratos. Procura garfos e guardanapos e instala-se diante de mim, fazendo deslizar um prato de comida chinesa para mim e ficando com o outro para ela.

– Sei como gostas da comida do Captain Wong – comenta com um sorriso que me recorda todas as vezes que mandámos vir comida desse restaurante.

– É verdade. Mas o nome confunde-me sempre. *Wong* – replico em tom arrastado. Depois com voz de ficção científica. – Olá. Sou o Captain Wong.

– Venho invadir o vosso planeta – acrescenta Holland.

Rio-me e ela também e depois o riso dela esmorece. Comemos em silêncio durante um minuto e depois Holland interrompe-o.

– Então vais para Tóquio?

– A tua mãe contou-te?

– Sim.

– A tua mãe mandou-te cá para obter informações ou algo do género?

– Não. Mencionou o facto e agora estou a mencioná-lo. Porquê? Há alguma informação que deva saber? Vais com uma rapariga?

– Pois, certo – zombo. – Devia ir com uma pessoa, mas a coisa não funcionou – respondo com os olhos colados nela o tempo todo.

– Bem, eu queria ir, está bem?

– Eu também – replico, tão baixo que é um sussurro.

Mas ela ouve-me e estende a mão pelo balcão da cozinha, só um pouco mais perto de mim e aquela mão, quero agarrá-la e apertá-la.

– Eu também – diz ela, mal pintando o espaço entre nós com tudo o que se partiu.

Lanço uma olhadela às nossas mãos, tão próximas que só seria preciso um de nós ceder uns centímetros.

– Comprei o bilhete há uma hora.

– Quando partes?

– Daqui a dois dias. Encontrei um bom preço.

Ela acena algumas vezes, bate com os dedos. Consigo sentir o calor que se desprende das mãos delas.

– Fantástico – diz e ficamos assim.

Seria preciso apenas um pequeno esforço para voltarmos, por isso espero. Espero que ela me diga que sentirá a minha falta, que me peça para ficar, que ponha as mãos dela no meu rosto e comprima os seus lábios contra os meus e me beije como se fosse uma coisa que lhe tivesse custado não fazer em todos estes meses. Que não é *fantástico* que eu me vá embora. Que, se eu for, *será ela* que ficará triste.

Mas não o faz. Acabamos apenas a nossa comida, ela lava os pratos e também os outros que estavam no lava-loiças, deita fora as embalagens do Captain Wong, põe o lixo num saco e é como uma enfermeira. Está aqui como se fosse uma enfermeira. Para cuidar de mim. Para se certificar que como o suficiente e limpo a casa e tomo as minhas vitaminas.

Observo-a a verificar os meus sinais vitais, a tirar-me a temperatura e a arranjar-me os tubos e, quando sugere que vejamos um filme, ali no sofá, aceno simplesmente com a cabeça, porque o meu coração já não está a bater com velocidade suficiente, o sangue já não está a bombear com facilidade suficiente para eu conseguir encontrar força de vontade para dizer *não* como fiz a noite passada. É evidente que consigo comprar bilhetes para sair do país, sem problema nenhum, mas não consigo sequer dizer a Holland para parar de estar tão perto de mim o tempo todo, mas não perto o suficiente.

Porque agora supostamente ela devia querer ir a Tóquio comigo. Fazer-se convidada, pedir-me naquela voz doce e sensual, ousada e confiante, dizer que eu a devia levar, que prometemos que íamos juntos, que até falámos nisso no verão passado.

Como se eu precisasse que mo recordassem. Como se fosse eu que tivesse esquecido.

Em vez disso, ela liga a televisão e descobre um filme em que o herói sobrevive à explosão de uma ponte. Ficamos assim por entre fogo e bombas, murros e golpes, uma luta de facas numa viela, alguns centímetros afastados, sem nos tocarmos, sem nos mexermos, sem falarmos, sem estarmos enroscados um no outro, apenas a fitarmos mudamente o ecrã.

Mas fingir aquilo torna-se demasiado para mim, por isso quando o herói se agarra ao betão da ponte a desmoronar-se, à procura de um ponto de apoio, levanto-me e saio da sala a resmonear entre dentes:

– Volto já.

Vou até à casa de banho, ao fundo do corredor. Fecho a porta. Vou direito à janela. Abro-a e tiro a armação de rede. Ponho-me em cima da tampa da sanita, iço-me para fora da janela e salto para a parte da frente do jardim. Fecho a janela e ando, ando, ando.

Quando regresso a casa uma hora depois, a minha maior esperança é que ela se tenha ido embora. O meu desejo mais fervoroso é ter escapado dela, do domínio que exerce sobre mim. Mas, em vez disso, encontro-a a dormir no meu sofá, com *Sandy Koufax* enrolada numa bola aos seus pés nus.

Ajoelho-me na tijoleira onde o livro que ela estava a ler lhe escapou das mãos cansadas. É um livro de bolso, *À Beira do Abismo*. Passo um polegar pela capa, a pensar quando arranjou Holland um fraco por Raymond Chandler. Já houve uma época em que me teria contado as suas partes favoritas. Quando teria tentado contar-me o final, porque o *adorava* simplesmente tanto que tinha de o partilhar e eu teria erguido uma mão e ter-lhe-ia dito para parar. Rindo o tempo todo. Depois teria eu lido também o livro e teríamos passeado pela praia e falado das melhores partes. Teríamos feito isso esta noite com o filme também. Imitado as inflexões dos atores nos seus momentos mais excessivos e depois maravilhado com as explosões dos edifícios.

Fecho o livro que não estamos a partilhar. O final de que não estamos a falar. Coloco-o sobre a mesinha de café e vou lá para cima, porque, se ficar perto dela, vou acordá-la, empurrar-lhe um ombro e perguntar-lhe. Perguntar-lhe porque se foi embora. Perguntar-lhe porque está aqui. Perguntar-lhe o que mudou para ela.

Quando me meto na cama, estou muito consciente dela na minha casa, como se o subir e descer da respiração dela, o tremular das suas pálpebras adormecidas possam de alguma maneira ser vistos e ouvidos de um piso acima. Imagino-a a acordar, a subir as escadas, a seguir pelo corredor, a parar na soleira da minha porta, uma faixa de luar através da janela a delineá-la no escuro. Eu falaria primeiro, dizendo-lhe a verdade, que ainda estou totalmente apaixonado por ela. Que, no que lhe diz respeito, nada mudou para mim.

Tudo o resto é tão esbatido, tão impreciso, tão desgastado nas bordas. Isto, o que sinto por Holland, é a única coisa na minha vida que se manteve igual. Toda a gente que amei desapareceu. Exceto ela. Holland é o antes e o depois e o que sinto por ela é ao mesmo tempo letal e maravilhoso. É como respirar, como uma pulsação.

Ela dir-me-ia as mesmas palavras, que sente o mesmo. Depois pronunciaria o meu nome, como se tivesse andado à procura de alguma coisa, como se tivesse encontrado a coisa de que andava à procura.

Vem encontrar-me, vem encontrar-me, vem encontrar-me.

* * *

De manhã, encontro-a na minha cozinha a fazer torradas.

– Tenho o sono mais profundo do mundo – anuncia em jeito de cumprimento. – Não acordei uma única vez a noite passada.

Não digo nada, sento-me apenas num dos banquinhos do balcão da cozinha.

– Acho que nem me apercebi que tinha adormecido. Acordei esta manhã toda desorientada e então pensei tipo: *Oh, adormeci no sofá de Danny.*

A torrada salta e ela começa a espalhar-lhe manteiga por cima.

– Mas obrigada. Por me deixares adormecer aqui.

– Pois.

Passa-me um prato. Olho para a torrada como se fosse uma substância estranha. Não a como.

– Tens fome?

– Não.

– Oh!

Volto a empurrar o prato para ela.

– Desculpa – diz e olha para o prato, fitando intensamente a torrada como se esta guardasse segredos. Depois remexe no anel da estrela, rodando-o para um lado, depois para outro.

– Porque ainda usas isso?

Ela ergue a cabeça, surpreendida por eu ter coragem para lhe fazer uma pergunta verdadeira desta vez.

– Não, verdade. Qual é o interesse, Holland? Tira lá esse anel.

Ela abana a cabeça.

– A sério. Tira-o. Já não precisas mais dele. Tira a estrela e deita-o fora.

Engole em seco e comprime os lábios, como se reprimisse tanto palavras como lágrimas. Mas já *não posso* preocupar-me mais com ela. Não posso continuar a fingir que esqueci o que tivemos. Porque não esqueci, mas não posso tê-la da forma como a quero. E vê-la aqui e agir como se estivéssemos bem dói demasiado. Tenho de fazer com que o sofrimento acabe.

– Não quero deitá-lo fora – responde. – Está bem? Não quero simplesmente. E se tu ao menos...

– Porque estás aqui então? Podias ter partido esta manhã. Não precisavas de me fazer o pequeno-almoço. Faço torradas desde os oito anos. Não tive de começar a fazer torradas quando a minha mãe morreu, *okay?*

– Danny – diz e a expressão do seu rosto é suave e é triste e *tem* de ser prenúncio de mais piedade da sua parte.

– Porque me deixaste, Holland? Depois de tudo, como pudeste fazer isso? Como pudeste fazer isso e depois continuar a aparecer como se nada tivesse acontecido entre nós? Porque não quero ir *apenas* ao cinema contigo e comer comida chinesa na minha cozinha e não quero encontrar-te no meu sofá de manhã. Não percebes? Não posso *simplesmente* fingir contigo.

Ela fita-me com dureza, os olhos azuis frios nos cantos.

– Eu percebo. Mas há coisas que tu não percebes e se me deixasses...

Mas sinto-me mais forte pela primeira vez há semanas e atacá-la é tão bom, parece, tipo, sobrevivência.

– Não quero voltar a ter uma relação de melhores amigos contigo. Mas tu és como uma doença. Estás sempre por aqui e estás sempre a aparecer e comportas-te como se nada tivesse mudado, mas tudo mudou e tu... tu és como um cancro.

As palavras saem sem aviso, com demasiada rapidez para as deter, demasiado depressa para as abortar.

Vejo-lhe os ombros descair, os olhos baixarem, a *coisa* que acabei de lhe chamar a assentar por completo. Fala numa voz muito baixa, tão baixa que é uma barreira para se proteger de mim.

– Não acredito que tivesses dito isso.

Eu também não. Mas sei que se abrir outra vez a boca, qualquer grama de autopreservação que me resta se desvanecerá.

Fixo o meu prato de torrada fria e não comida enquanto ela agarra no seu livro e na mala preta de pôr ao ombro e faz uma festa rápida na cabeça de *Sandy Koufax* antes de fechar a porta atrás dela.

Não há nada, nada senão fumo, pó e detritos para mim aqui na Califórnia. A única opção que tenho, a única *possibilidade* que tenho, é partir.

CAPÍTULO NOVE

Adotámos *Sandy Koufax* há dois anos e demos-lhe o nome do maior lançador de basebol de sempre, um esquerdino como eu e judeu.

– Devíamos chamar-lhe *Sandy Koufax* – disse a minha mãe enquanto eu conduzia para casa, regressando do canil, e ela afagava a cachorrinha *border collie/labrador* que se aninhava no seu colo.

Abanei a cabeça.

– *Sandy Koufax* é um homem. Esta cadela é uma menina.

A minha mãe semicerrou os olhos e apertou a cadela com mais força.

– *Sandy Koufax* não é um porco sexista. Não se importa de ser batizada com o nome de um homem.

– O pai teria gostado desta cadela – observei eu.

Ela assentiu.

– Ele sempre adorou animais.

– Também teria ficado contente por a termos resgatado do canil.

– Os cães de que gostava mais eram os do canil – respondeu a minha mãe.

Sandy Koufax era um nome adequado para a cadela também por outras razões. Na minha opinião, ele não foi apenas o maior lançador de basebol de sempre. Jogou também com dores, lançando com um cotovelo lesionado, atirando com paixão com os dedos feridos. Não deixava que a dor o fizesse parar. O nome seria um tributo adequado não apenas ao meu ídolo de basebol, mas também à minha mãe. Algures nas profundezas da minha mente, eu sabia que a cadela sobreviveria à minha mãe por muitos, muitos anos. Mas eu queria acreditar que a minha mãe, que era enérgica e agressiva em tudo o que fazia, também conseguiria ser agressiva com o seu cancro.

Agora *Sandy Koufax* é toda minha. Sempre foi minha, verdade seja dita. Na primeira noite cá em casa, dormiu na minha cama.

Vou ter umas saudades loucas desta cadela.

Levo-a a casa de Jeremy. A mãe e o pai dele adoram cães. Tipo como loucos. Têm dois cães cruzados de *chihuahua* e *pinscher miniatura* e *Sandy Koufax* corre para o jardim e começa a juntar os cães diminutos.

– És o único em quem posso confiar para tomar conta da minha cadela – lembro a Jeremy.

– Meu, essa cadela está em boas mãos.

– Essa cadela apanha discos de plástico na praia. Cães que apanham discos de plástico na praia são difíceis de encontrar.

Jeremy aponta para as bestas minúsculas no jardim.

– *Aqueles cães* não atraem miúdas. Levo aqueles cães à praia e as miúdas querem levar-me às compras e perguntar-me que sapatos devem comprar.

– A minha cadela é um perfeito chamariz para miúdas – digo e dou uma palmadinha nas costas de Jeremy. – Vais ter imenso sucesso com ela a teu lado.

– Vou mesmo levá-la ao paredão todos os dias. Isto vai ser tipo o verão mais épico de sempre.

– Cuida bem dela.

– Assim farei. Mas *não* te vou mandar fotos dela.

– Mas manda-me *e-mails*, *okay*? Para me dizeres como *Sandy Koufax* vai andando?

Ele ri-se e abana a cabeça.

– Isto é embaraçoso. Pareces uma miúda quando se trata desta cadela.

Chamo *Sandy Koufax*, esfrego-lhe a cabeça, afago-lhe as orelhas e digo-lhe para se portar bem. Ela inclina a cabeça para o lado, como se me estivesse a ouvir. A língua pende-lhe da boca. Digo-lhe que a amo em voz tão baixa que Jeremy não me consegue ouvir. Depois partimos e Jeremy dá-me boleia até ao avião que me vai levar a oito mil e oitocentos quilómetros de distância.

* * *

Não me sinto cansado quando saio do avião, passo pela alfândega e compro um bilhete para o comboio do aeroporto Narita para o centro de Tóquio. Também não me sinto cansado quando me sento num lugar estofado a vermelho para o rápido trajeto de comboio até ao centro da cidade. Só sinto alívio por estar muito longe da Califórnia.

Olho em volta para os outros passageiros, a maioria homens e mulheres de negócios japoneses que regressam dos seus encontros com executivos da indústria cinematográfica ou discográfica ou negociantes de tapetes, ou seja lá o que for, no mesmo voo de Los Angeles. Também há algumas pequenas famílias: mães com crianças pequenas, pais a dizerem a essas mesmas crianças pequenas para se sentarem. Não tenho de saber muito japonês para perceber o que os pais estão a dizer. Reparo nalguns estudantes universitários algumas filas à frente, parecem europeus e têm mochilas penduradas nos joelhos para a viagem de comboio.

Calculo que devem ter deslizado de algum avião da Alemanha ou se calhar da Suécia.

Olho para fora da janela, para os campos verdes e luxuriantes por onde passamos nos subúrbios que em breve se transformam nos edifícios de apartamentos baixos na periferia da cidade, que depois dão lugar aos arranha-céus e estruturas elegantes de aço no centro de Tóquio. O comboio chega suavemente à estação de Shibuya e eu saio, atirando com a minha mochila solitária para o ombro. Trago pouca coisa, não quis chatear-me com bagagem de porão. Enfiei tudo o que poderia precisar, computador portátil, calções, *T-shirts*, alguns livros e um par de chinelos de dedo, numa mochila de campismo de tamanho grande. Os ténis vêm nos pés.

As portas abrem-se, não com um chiado mas com um silvo, e as multidões de pessoas não empurram nem dão encontrões. Saem de forma educada. Porém, sou o primeiro, salto para o chão da estação de Shibuya, ataco as escadas para sair dali para fora a dois e dois, passando por hordas de naturais de Tóquio que vão e vêm do trabalho, de jantares muito cedo, de um sítio qualquer. São cinco e trinta da tarde de uma quinta-feira de junho e a estação está muito concorrida. Li algures que mais de dois milhões de passageiros passam por esta estação todos os dias.

Empurro o torniquete final na saída de Hachikō. Estou num dos cruzamentos mais loucos e movimentados do mundo, porque a estação de Shibuya fica na convergência de seis ruas que, aos meus olhos americanos, parecem todas colidir ao mesmo tempo. Mas, de alguma maneira, os motoristas japoneses de carros, autocarros e táxis sabem todos quando parar, quando convergir, quando deixarem as outras faixas avançar. Caminho em direção a uma coisa que se tornou minha favorita durante todas as minhas últimas viagens aqui. Esculpido na parede do lado da rua da estação de metro encontra-se um mosaico volumoso e colorido de estrelas, arco-íris e um cão *akita* branco com uma cauda perfeitamente enrolada. Há aqui também uma estátua do cão, mas gosto mais do mosaico. Toda a gente em Tóquio conhece a história do cão chamado *Hachikō*. Seguia o seu dono, um professor universitário, para o trabalho todas as manhãs e esperava que regressasse ao fim da tarde. Um dia, em 1925, o dono não apareceu. Morrera a lecionar. Mas *Hachikō* foi leal até ao fim. O cão continuou a ir à estação todos os dias esperar pelo mesmo comboio durante vários anos até à sua própria morte. Erigiram-lhe uma estátua, fazem uma cerimónia todos os anos em abril e o corpo embalsamado do cão encontra-se no Museu Nacional de Natureza e Ciência de Tóquio.

Bato ao de leve na cabeça do cão, para dar sorte.

Dirijo-me para o cruzamento e junto-me ao mar de pessoas que se dispersam em todas as direções. Não conheço nenhuma, não entendo uma palavra do que dizem, mas há uma chispa, um flache de qualquer coisa familiar dentro de mim, a sensação de que já não estou tão sozinho.

CAPÍTULO DEZ

Abro a porta envidraçada familiar para o átrio do nosso edifício de apartamentos. Estou à espera de ver Kana, uma vez que me disse que viria ter comigo aqui às seis da tarde, para me dar as minhas chaves. Em vez dela, Mai cumprimenta-me com uma pequena vénia e eu faço-lhe também uma ligeira vénia.

– Olá, senhora Miyoshi.

– Olá, Daniel. Por favor, chame-me Mai.

Estende a mão que eu aperto. É muito mais nova do que pensei que seria. Talvez trinta e tal anos. O cabelo preto comprido está entrançado. Veste calças de ganga e uma blusa de manga curta.

– Como foi voo?

– Ótimo. Fácil.

– Isso é bom.

– Sim.

– Ainda bem. Deixe-me mostrar.

Carrega no botão do elevador e subimos seis andares. A última vez que aqui estive, a minha mãe sentia-se bem. Usava uma peruca azul elétrico porque o cabelo ainda não tinha crescido todo. Íamos ao mercado do peixe todas as manhãs tomar o pequeno-almoço. «Somos tão japoneses, não somos?», dizia-me quando nos sentávamos ao balcão da barraquinha de comida que ambos adorávamos, a comer peixe cru em tigelas. «É mesmo, mãe», respondia eu e depois devorava mais alguma daquela comida de pequeno-almoço que se tornara a minha favorita de sempre.

As portas do elevador abrem-se e Mai faz um gesto para eu sair primeiro. Mas eu faço um movimento largo com a mão para ela. O meu pai daria voltas no túmulo se eu entrasse em algum sítio, loja, edifício, carro, à frente de uma senhora. Abria portas para toda a gente o tempo todo.

Mai caminha pelo corredor, dá a volta à chave na porta do nosso apartamento... *meu*, preciso de me habituar a dizer *meu*, sobretudo visto que sou eu que tenho de decidir o que fazer com ele. Sigo-a e inspiro. Parece que os meus pulmões se enchem com o equivalente a água de uma nascente fresca de montanha. Esta casa é pequena; no fim de contas, trata-se de uma propriedade imobiliária de Tóquio, mas *parece* de algum modo grande quando comparada com a minha casa em Los Angeles. Deixo cair a minha mochila junto à porta e viro-me para a cozinha, passo a mão pela parte de fora do frigorífico, por cima da pedra branca brilhante de uma bancada, depois pelas vidraças de uma janela que dá para a rua em baixo. Há vasos de plantas ao correr da janela, algumas com flores a desabrochar. São as plantas da minha mãe, os *jardins* que construiu aqui em Tóquio, para ter também aqui as suas flores. Toco na terra de um vaso com íris azuis. A terra está húmida. Mai e Kana devem regar as plantas. Gosto de saber que cuidam das plantas da minha mãe. Inclino-me para cheirar as flores, uma coisa que a minha mãe fazia todos os dias. Cheiram a flores, como deviam, mas também cheiram a ela, se é que faz algum sentido.

Volto à sala, inspirando o ambiente familiar: o soalho de madeira clara, as estantes embutidas que contêm molduras com fotos de Laini, *Sandy Koufax*, o meu pai de há muitos anos, a minha mãe e eu e depois o sofá verde-claro em que nos afundamos e a mesinha de café metálica onde eu punha os pés e me ralhavam por pôr os pés na mesinha do café.

Percebo que a mesa foi encerada e limpa e posta a brilhar, mas juro que a consigo ver há um ano, da última vez que aqui estive, com jornais espalhados e abertos, canecas de cerâmica meio bebidas, palavras cruzadas feitas. Uma tarde preguiçosa de verão em Tóquio, a minha mãe a usar uma peruca roxa, uma peruca cor-de-rosa, certa vez até uma amarela, a beber chá e a fazer palavras cruzadas, «Ah, devia ter-me reformado há muito tempo. Condiz tanto comigo», dizia.

Dirijo-me ao segundo quarto, o meu quarto. Está simplesmente igual. Um *futon* baixo com um colchão branco sobre ripas de madeira, uma mesinha de cabeceira e uma cómoda estreita de três gavetas é tudo o que aqui cabe. Preparo-me antes de entrar a seguir no quarto da minha mãe, sem ter a certeza se os fantasmas dos pedaços da sua vida aqui me engolirão todo inteiro. Mas, por alguma razão, ver a cama dela de Tóquio, a mesinha de cabeceira de Tóquio, a sua vida de Tóquio não me fere. Parece estranhamente reconfortante, talvez até calmante. Porque este lugar respira, vive, palpita de uma maneira que não acontece na minha casa da Califórnia há meses.

À espera de partilhar todos os seus segredos comigo. Toda a sua sabedoria. Todas as coisas que quero saber.

Volto à sala onde Mai me aguarda.

– Disse qualquer coisa sobre medicamentos, senhora Miyoshi? Quero dizer, Kana disse. A sua filha disse.

– Kana está a praticar. Ela ajuda nisso – diz Mai na sua forma sincopada de falar.

Quem me dera falar um japonês melhor. Quem me dera conseguir dizer mais do que coisas básicas como *arigato* (obrigado), porque preferia não ser o americano desagradável que espera que toda a gente fale a sua língua. Mas sou. Anos de visitas, dezenas de viagens e sinto-me privado de linguagem útil.

– *Arigato. Domo arigato.*

– Precisa de alguma coisa?

Abano a cabeça.

– Tudo bem. O apartamento parece bem. Obrigado por cuidar dele – digo e depois junto as mãos e faço outra vez uma vénia.

– Kana vem amanhã. Depois da escola, diz ela. Vem ter consigo às três e trinta. Eu vou agora.

Avanço para a porta e mantenho-a aberta para Mai, agradecendo-lhe uma e outra vez, como o meu pai me ensinou. É engraçado ver, de vez em quando, bocados dele em mim. Mas também magoa, porque é tudo o que existe agora, pedaços de recordações, e que se tornam mais esfumadas a cada ano que passa. Fere-me bastante pensar que daqui a pouco tempo, talvez não muito tempo, a minha mãe se desvanecerá também um pouco.

Fecho a porta e estou prestes a dirigir-me para a casa de banho para inspecionar o armário dos medicamentos, para apurar a verdade acerca dos comprimidos não usados. Mas depois reparo na mesa de entrada enfiada no canto. Lá está o pacote de sementes de lilases que Kana mencionou na carta dela. Depois há cartas bem arrumadas em duas pilhas, como prometido. Uma pilha foi aberta, contas da água e coisas do género, e assinalada *Pago* com um *Post-it* cor de laranja.

Na letra da minha mãe.

Uma palavra tão prosaica, uma palavra tão funcional, *pago*, mas sobressalta-me porque é a letra dela. A letra *dela*. Está em todo o lado na nossa casa de Los Angeles se eu olhar em volta, se remexer em gavetas e secretárias e dentro de caixas. Mas vê-la *aqui* dá a sensação de um rasto de migalhas de pão, uma pequena esperança de que se procurar bem consigo encontrar todas as peças da vida dela que foram deixadas para trás, mesmo que seja apenas a forma como separava contas e papéis enquanto estava aqui em Tóquio.

A outra pilha é muito mais pequena, assinalada com a letra de outra pessoa qualquer e um *Post-it* cor-de-rosa que diz *Pessoal*. O monte que Kana fez quando arrumou esta casa.

Estendo o braço para essa pilha.

Há um envelope branco aberto, sem selo nem nada e lá dentro está um cartão, com uma imagem de um gato preto e branco. Percebo logo que é de Laini. Sempre adorou gatos. Tinha sobretudo uma loucura por gatos pretos e brancos. Gatos de *smoking*, gostava de dizer.

«Parece sempre que têm pequenas luvas brancas», costumava dizer e depois estendia os braços à sua frente, como se estivesse a admirar luvas brancas nas suas mãos. Quando era pequena teve um gato. Chamava-se *CatCat* e não tenho bem a certeza de quem escolheu o nome, mas os meus pais arranjaram-lhe *CatCat* logo depois de terem trazido Laini da China. Era um gato leal. Quando ela andava no sétimo ano, seguiu-a uma vez até à escola. Ela telefonou aos meus pais para virem buscar *CatCat* e esperou com ele no gabinete do diretor até a minha mãe chegar. Nesse dia, à noite, toda a gente cantou «Laini tinha um gatinho, gatinho, gatinho, Laini tinha um gatinho que a seguiu até à escola». Foi para o «céu dos gatinhos» quando Laini tinha catorze ou quinze anos e ela chorou durante dias. O meu pai até realizou uma cerimónia fúnebre para gatinhos no jardim a que todos assistimos.

Abro o cartão.

Querida Mãe

Estou contente por seres minha mãe.
Beijos, Laini

Faz-me lembrar o tipo de cartão que um aluno da primária envia aos pais quando está a aprender a escrever. Depois recordo-

-me: a minha mãe tem um cartão tal e qual como este emoldurado lá em casa. Não tem um gato. Mas está num pedaço de cartolina azul e escrito com aquelas letras grandes e maiúsculas que os miúdos usam quando aprendem a escrever. As palavras, *Estou contente por seres minha mãe*, são exatamente as mesmas. De algum maneira, Laini está a evocar um cartão que escreveu à minha mãe quando tinha cinco anos.

Será a sua maneira de compensar a forma como tratou a nossa mãe? Por desaparecer quase para o outro lado do mundo e depois mal regressar quando a nossa mãe ficou doente?

Enfio o cartão dentro do envelope branco aberto e reparo então que não está sozinho. Há uma folha de papel pautado dobrada em quatro dentro do envelope, com as bordas serrilhadas de forma imperfeita como se rasgada de um bloco com espiral. O meu pai tinha uma pilha de blocos normais para a escola na sua mesinha de cabeceira. Andava sempre no encalço de ideias para novos negócios que queria fundar. Quando eu tinha onze anos, reparei nele sentado junto à piscina numa tarde de domingo a escrever num bloco verde com espiral.

– O que estás a escrever, pai?

– Ideias.

– Para quê?

– Para o dia em que já não tenha de trabalhar para o homem. Porque nessa altura inventarei o céu.

– O céu já foi inventado, pai – respondi.

Ele estalou os dedos num gesto de *ora bolas*.

– E então o mar?

– O mar também

– E as árvores?

– Sim.

– Os pássaros?

– Sem dúvida – retorqui e ria-me a bandeiras despregadas.

Gostava de me fazer rir, por isso continuámos mais umas quantas vezes.

– A sério, pai. O que estás a escrever?

– Só algumas ideias sobre um negócio que poderei querer começar um dia.

– Qual é o negócio?

Ele olhou para os apontamentos.

– Eh, não está a sair muito bem.

Atirou o bloco para a espreguiçadeira e saltou como uma bola de canhão para a piscina. Eu saltei a seguir e o bloco foi esquecido.

Aqui está agora uma folha de um desses blocos com o canto superior rasgado. Só que não é nenhuma ideia para um negócio. É pessoal e é para a minha mãe. Mal me consigo lembrar da letra *dele* seis anos depois, mas sei que chamava Liz à minha mãe. Era a única pessoa que lhe chamava Liz e, por vezes, quando lhe sussurrava ao ouvido na cozinha ou no corredor puxando-a para um beijo, abreviava o nome ainda mais. Nessa altura era L para ele.

L...

Já sinto saudades tuas. Volto em breve. Amo-te, sempre.

Passo um dedo pela tinta azul, como se pudesse ativar uma mensagem secreta, uma explicação oculta, uma tradução que me fornecerá uma data e uma resposta à pergunta que me percorre a cabeça: porque está *esta* folha de papel com o canto rasgado *nesta* pequena pilha de papéis? Porque está aqui este cartão com o gato de *smoking*? Sei porque estão marcados *Pessoal*, são bilhetes pessoais, é óbvio. Mas porque seriam suficientemente importantes para serem selecionados e guardados?

Estendo a mão para a última coisa na pilha. Uma folha de papel de carta espesso cor de alfazema, dobrada a meio.

Mandei vir *online* para ti, mas são da árvore japonesa do lilás. Como sabes, demoram alguns anos a florir, mas produzirão flores muito fragrantes e aromáticas. É agradável, de certa forma, pensar que as flores serão uma lembrança nossa, não é? E que, dentro de alguns anos, estes lilases encantarão as pessoas com o seu perfume. Talvez consigas encontrar um lugar para as plantar em Tóquio?

Bjos
Holland

Mesmo a oito mil quilómetros, ela está aqui, dentro deste apartamento, com um bilhete e alguma espécie de presente de despedida para a minha mãe. Só que agora já estou farto disto. Estou cansado. Estou desgastado, consumido, esgotado. Não faço ideia de como resolver o quebra-cabeças de Holland. E não sei se o quero fazer neste preciso momento, não neste meu estado de desgaste. Volto à mesa da entrada e agarro no pacote de sementes. Não está aberto e experimento uma pequena sensação de vitória por os sonhos de Holland de lilases a florir em Tóquio como algum tipo de homenagem à minha mãe nunca se terem materializado.

Atiro o envelope com as sementes de lilases para cima da mesinha do café.

Mas, mesmo assim, por que *razão* a minha mãe guardava estes três bilhetes aqui? Muito longe de mim. Muito longe da casa de Los Angeles. Porque alguns são antigos: o bilhete do meu pai. E alguns são claramente novos: a carta de Holland. Foram todos enviados para o endereço deste apartamento? Ou será que a minha mãe os trouxe nas suas últimas viagens para os ter com ela quando aqui estivesse? Quem me dera que estes bilhetes viessem com um código para os decifrar.

Mas é tudo na pilha do *Pessoal*. Um bilhete da filha que desertou da família, um bilhete do pai que desapareceu há muito e um bilhete da ex-namorada. Todas estas pessoas que não viveram com ela nos últimos anos. Todas estas pessoas que não estavam lá todos os dias.

Mas nada *de* mim. Nada *para* mim.

Podia argumentar que isto é um mero *Post-it* de Kana, que não é assim tão importante ser excluído desta pilha. Mas não é *apenas* uma anotação de *Post-it*. É uma coleção de coisas que tinham importância para a minha mãe. Que ela deve ter reunido ao longo dos anos, juntado já perto do fim.

Dirijo-me à casa de banho, bocejo quando procuro a luz. O *jet lag* está a atacar-me com rapidez, ameaçando asfixiar-me de sono. Abro o armário dos medicamentos e está cheio de frascos de remédios. De olhos turvos, estendo a mão para um deles. É um medicamento para o cancro e mal foi tocado. Depois outro tipo de frasco. Este estava assinalado «aberto» na lista de Kana, mas parece que quase todos os comprimidos ainda estão na embalagem, como se a minha mãe mal tivesse tomado algum. Conheço estes fármacos de cor, conheço os seus efeitos secundários e os seus benefícios.

O que não sei é por que razão os frascos estão cheios.

Digo comigo mesmo que Takahashi pode explicar isso. Takahashi, a última grande esperança, o suposto médico milagre, *brilhante e compassivo*, costumava dizer a minha mãe, dir-me-á. Independentemente das regras. Ainda não me respondeu, mas irei ao seu consultório amanhã.

Agarro noutro frasco. É *Percocet* e foi aviado por uma farmácia aqui, há vários meses. Mas, mesmo no meu estado de sonolência, percebo que também nenhum comprimido foi tirado.

Ah, mas talvez *isto* seja o que a minha mãe me deixou. Talvez seja isto o *Pessoal* para o filho. Sim, uma prenda do além, na realidade uma bela prenda de despedida, porque estes comprimidos provocam maravilhas nos vivos. É uma pena desperdiçar um agente entorpecedor perfeitamente bom. Abro a tampa e liberto uma destas belezas. Ponho o comprimido na língua e parece uma blasfémia, tomar os analgésicos da minha mãe quando ela tinha dores a sério. Mas tomo-o e engulo-o sem água.

Volto à sala, pego no bilhete do meu pai, no cartão da minha irmã, na carta de Holland. Dobro-os e coloco-os na minha carteira para os ter sempre comigo.

Neste momento são palavras estranhas para mim, mas em breve, *em breve*, saberei como as traduzir. Tenho de saber. Verdade, tenho mesmo.

CAPÍTULO ONZE

O *jet lag* vence.

O Sol mal nasceu, mas estou completamente acordado, pronto para esta cidade desvendar segredos. Tomo duche, envergo calções, uma *T-shirt*, chinelos de dedo e óculos de sol e enfio a minha carteira e o telemóvel no bolso. É demasiado cedo para me encontrar com Kana, demasiado cedo para ir falar com o médico, por isso apanho o metro para o mercado de peixe de Tsukiji, o maior mercado de peixe do mundo, que se estende por vários quarteirões e até à baía de Tóquio.

Caminho pelo lado de fora, onde consigo ouvir os feirantes lá dentro, a andarem de um lado para o outro, com as suas botas pelo joelho, na água com cheiro a peixe que forma poças no chão de cimento, enquanto vão tentando vender tudo o que acabou de ser transacionado em leilão há algumas horas, desde cavala, enguias, camarões, salmão, polvo, atum. Chego à zona das barracas de comida nas imediações do mercado, todas muito pequenas. Um toldo vermelho com carateres japoneses cai sobre uma barraca que vende bolachas salgadas de peixe e ostras secas. Outra, com paredes de bambu, está embutida no passeio e oferece *tempura* e massa de *soba* aquecidas em panelas de metal.

Encontro com facilidade aquela barraca de comida. A minha primeira paragem. A minha primeira ordem de trabalhos. Não apenas pequeno-almoço, mas talvez alguma informação.

Escolho um banquinho, peço a comida e depressa me distraio da minha missão devido ao sabor do atum cru. Parece que se passaram séculos desde que apreciei comida, desde que provei alguma coisa que me fez desejar comer por reação a algo mais do que apenas fome.

Os meus pauzinhos mergulham outra vez na tigela, apanhando outro monte de arroz, molho de soja e peixe cru. Um executivo ao meu lado trespassa também com avidez o seu peixe de pequeno-almoço. Olho para o balcão, na esperança de ver Mike. É um tipo novo, talvez com vinte anos, que trabalhava aqui no verão passado quando cá estive. Gostava de música, estava sempre a tocar baixinho algumas músicas japonesas fixes na sua pequena aparelhagem ao mesmo tempo que servia peixe. Às vezes trocávamos recomendações de canções. Se estiver aqui, vou fazer-lhe perguntas sobre a minha mãe, tentar saber como estava naqueles dias finais que passou aqui. Aceito uma historieta, um apontamento, alguma coisa, qualquer coisa que a traga de volta de alguma diminuta maneira.

Porém, Mike não está cá. Em vez dele, há uma japonesa arqueada atrás do balcão, a mexer um enorme recipiente de sopa *miso* e peço também uma tigela daquilo. Ela acena com a cabeça e depois serve-me sopa com uma concha.

Nem sequer sei se este sítio onde estou a comer tem um nome. A minha mãe costumava dizer *Vamos àquela barraca de comida*, e passávamos os nossos bilhetes de metro pelos torniquetes e apanhávamos um comboio de manhã cedo para o mercado do peixe para ir tomar o pequeno-almoço.

– Se o *sushi* curasse o cancro, já estava safa – brincou o verão passado a olhar para a sua tigela de atum.

– Não digas isso, mãe. Além disso, vais ficar safa em breve.

Nessa altura, tinha conseguido manter o cancro afastado já há quatro anos. Aguentara inúmeras séries de quimioterapia e cirurgias. Eu tinha a certeza que ela ia derrotá-lo. Ninguém era mais forte do que a minha mãe. Enfrentara a doença com risos e algumas lágrimas, mas sobretudo risos.

– E depois irei à tua cerimónia de formatura e vou usar uma peruca néon, não porque precise, mas para te envergonhar – meteu-se comigo.

– Vai ser muito constrangedor – respondi, mas também não seria.

Toda a gente na escola sabia da minha mãe e das suas perucas coloridas. As miúdas adoravam-nas. Vinham ter comigo, de lágrimas nos olhos, e diziam-me que a minha mãe era muito forte e muito fixe com a sua peruca de um azul elétrico, o seu cabelo de um rosa doce, os seus caracóis de um verde-esmeralda, etc.

– Tens de ficar a saber que estou a planear gritar o teu nome da assistência e organizar a festa mais fantástica do mundo. Atenta nas minhas palavras, tendo por testemunha esta tigela de atum, vou-me levantar e aplaudir na cerimónia de formatura do meu filho, Daniel. Talvez até faça um bolo.

– Tu não fazes bolos, mãe.

– Eu sei. Mas para o dia da formatura faço. Ou talvez encomende apenas um desses bolos muito incríveis.

Afasto a tigela. Fito os comerciantes ao fundo da rua que estão a arranjar a sua montra, para me distrair da recordação, do facto de não ter conseguido tornar-se realidade. Fixo o olhar durante tanto tempo que as coisas à minha frente se tornam desfocadas, como se estivesse a observar todos os lojistas e vendedores de comida por detrás de uma câmara antiga, as suas vidas a decorrerem em tons de sépia. Qualquer despeito que tivesse sentido a noite passada por ter sido deixado de fora da pilha *Pessoal* dissipou-se aqui no mercado do peixe. Porque agora voltei a ter saudades dela. É embaraçoso admiti-lo. Sou um homem, é suposto sermos resistentes, fortes. Não é suposto sentirmos a falta das nossas mamãs.

Mas raios me partam se não sinto a falta dela. Raios me partam se não sinto saudades de jantar com ela, de conversar sobre as pequenas coisas, como a aplicação que tinha acabado de descarregar no meu telemóvel e se achava que ela também iria gostar de a ter, ou sobre as coisas mais importantes, como se por acaso eu não conseguisse entrar para a UCLA, ou até conversar apenas sobre *Sandy Koufax*. A minha mãe amava aquela cadela como se fosse um terceiro filho. Sempre que voltávamos de jantar fora, pois comíamos muito fora, ou de algum evento na escola, ou de um dos tratamentos da minha mãe, *Sandy Koufax* saltava do sofá, espreguiçava-se, abanava a cauda e oferecia-se para que lhe fizéssemos festas.

– Oh, és a cadela mais fofa, mais doce e mais adorável de todo o universo – dizia a minha mãe.

A cadela fazia-a feliz. Quanto a mim, só o facto de ter alguém com quem conversar já me fazia feliz. Agora a minha voz raramente é usada. E assim tenho saudades dela e o silêncio na minha vida recorda-me que são muitas.

O toque do telemóvel arranca-me do meu torpor. Lanço uma olhadela ao ecrã. Uma mensagem de Kate. Mandei-lhe um *e-mail* ontem, para confirmar que tinha chegado bem. **Estás no mercado do peixe? Cumprimenta o atum por mim! Sempre que olho agora para o relógio, converto as horas para as horas de Tóquio.**

Envio uma resposta rápida, informando-a que o atum lhe manda cumprimentos e é vagamente reconfortante que Kate esteja a confirmar se estou bem. Quando levanto a cabeça, a velha arqueada está a sussurrar para alguém no espaço exíguo na parte traseira da barraquinha de comida. Inclino-me para o lado para ver melhor. É Mike. Veste uma *T-shirt* branca, calças pretas de *chef* e um avental à volta da cintura. Tem um cigarro por acender atrás da orelha.

Ergo uma mão para acenar. Ele inclina a testa em resposta e depois aproxima-se.

– Como vais, meu? Lembro-me de ti. És o filho de Elizabeth, não é?

Aquiesço com a cabeça. Estou contente por ele se recordar de mim, por não ter de mergulhar numa explicação demorada.

– É, estou cá só para... – Paro um segundo, porque não tenho a certeza de como terminar a frase em voz alta. *Para ver se consigo ser feliz, ou até remotamente humano, outra vez. Por acaso possuirás a cura mágica?* – Para visitar Tóquio de novo.

– Como está ela?

Cá está. O ponto na conversa em que todos nos sentimos pouco à vontade. Aquele momento demasiado familiar em que tenho de contar a alguém pela primeira vez. Como aconteceu há várias semanas com o tipo do café em Santa Monica a que costumávamos ir, depois com a rapariga da pequena loja de comida para animais perto da nossa casa e agora aqui, com Mike.

– Na realidade, morreu há poucos meses – digo, as palavras ainda pesadonas e desastradas. Provavelmente serão sempre. – Em abril.

Depois o olhar. A inclinação da cabeça, o *oh* pesado, como se tivessem dito uma coisa errada.

– Oh, meu. Lamento muito ouvir isso.

– Obrigado.

– Raios, vou sentir a falta dela. Sabes, ela vinha aqui todos os dias quando estava na cidade.

– Pois, ela curtia este sítio.

– Falava de ti o tempo todo quando aqui estava. Disse que entraste para a UCLA e que estavas a esforçar-te como tudo na escola. – Depois aponta de mim para ele e voltamos à conversa normal. – Até me passou algumas das tuas novas descobertas. Como aquele grupo Retractable Eyes.

– É um bom grupo – replico e acho estranhamente fixe que a minha mãe tivesse transmitido alguns dos meus gostos musicais ao tipo que lhe servia o pequeno-almoço. Acho ainda mais fixe que ela lhe tenha falado de mim. Isto é melhor do que a pilha *Pessoal*.

– São incríveis. Bem, era a nossa cliente favorita. Adorávamos aquelas perucas loucas.

– Como é que ela era quando estava aqui? – pergunto, porque estou faminto de mais deste tipo de alimento. Logística do apartamento é uma coisa; histórias, outra inteiramente diferente.

Mike faz uma pausa para considerar a questão, limpando a mão ao avental.

– A mesma coisa de todas as outras vezes. Vinha aqui, comia a sua tigela de pequeno-almoço, conversava do filme que tinha visto ou do livro que estava a ler, ou da família, esse tipo de coisa. Não parecia uma pessoa que estivesse doente. Quer dizer, eu sabia que estava doente porque falávamos das coisas, mas nunca se teria adivinhado pela forma como ela se comportava, percebes o que estou a dizer?

Aceno umas quantas vezes, satisfeito por ver que a recordação que tenho dela se harmoniza com a de outras pessoas.

– É, é mesmo coisa dela.

– Também estava sempre bem-disposta. Sobretudo daquela vez que a tua irmã veio com ela. Rapariga simpática, a tua irmã.

E lá vai o lançamento. Como se o batedor tivesse atirado a minha melhor bola curva para fora do campo e eu nem tivesse visto o que aí vinha. Porque a minha mãe não mencionou a visita de Laini e a minha irmã também não disse nada. Sinto um espasmo escaldante de ciúmes, a pensar que Laini poderá ter aqui estado para os tratamentos da minha mãe, talvez para o seu último tratamento com Takahashi e que Laini ajudou a tomar conta dela. Esse era o meu papel, a minha tarefa. Laini não levava a minha mãe ao hospital; não limpava a casa de banho quando a minha mãe vomitava a meio da noite; não lhe levava torradas para o pequeno-almoço no dia a seguir à quimioterapia. Porque pôde participar da vida da minha mãe aqui e eu não?

– Quando é que a minha irmã aqui esteve?

As palavras têm um sabor amargo na minha língua. Enviei-lhe um *e-mail* no princípio da semana para a avisar que vinha para aqui. Mas, como é evidente, não mereço o mesmo tipo de delicadeza, visto que nunca me falou da sua visita a Tóquio.

Mike ergue a cabeça durante um segundo.

– Há alguns meses? Talvez janeiro, talvez fevereiro?

– Fantástico – digo para Mike, mas é mentira.

Porque não é fantástico que todas as mulheres que conheço, ou conheci, gostem de guardar segredos. Holland e a forma como me abandonou, a minha mãe e a casa de chá e o templo, agora Laini com esta visita de que eu nunca soube. Acho que os segredos são uma porcaria. Não gosto de os guardar; não gosto de os partilhar; não gosto de os ter. Agradeço a Mike, pago e, quando me afasto, ligo para o telemóvel da minha irmã, mas vai parar ao *voice-mail*.

Porém, há uma pessoa que posso ir visitar agora. O homem que poderá saber de tudo. São nove da manhã e é a essa hora que os consultórios dos médicos abrem. Ateia-se em mim uma chispa quando apanho outro metro.

Eles não estão aqui, a minha irmã, o meu pai, Holland. Os outros da pilha *Pessoal* não estão aqui.

Mas eu estou. E posso ir, investigar e perguntar.

CAPÍTULO DOZE

O médico está no consultório.

Ou o médico não está.

Ou o médico ainda não está.

Estão a ver, não sei, porque não há nenhum letreiro na porta. Não há um letreiro de ABERTO ou FECHADO. Nem um VOLTO JÁ. Ou um *Post-it* a dizer ao parente mais próximo da sua antiga doente onde encontrar o Grande Dr. Takahashi.

Ora vamos lá. Doutor. Era como o messias para a minha mãe. Era a referência. Era Deus. Onde está?

Até lhe telefonei antes de voar por cima do oceano Pacífico. Deixei uma mensagem. Solicitei um encontro há três dias. Quanto tempo leva a responder a um telefonema do filho de uma das suas doentes falecidas? Bato com mais força, várias vezes, como se as respostas viessem quando doer o suficiente, quando estiver suficientemente em carne viva. Os meus nós dos dedos já estão vermelhos, cansados. E continua a não haver ninguém para atender. Ninguém abre a porta.

Estou chateado comigo mesmo por nunca ter ido com a minha mãe a uma consulta aqui, mas ela é que era a mãe; eu era o filho. Não era que eu tivesse obrigação de ir às consultas médicas, sobretudo as que se passavam do outro lado do mundo. Além disso, ela contou-me tudo sobre Takahashi.

Pelo menos foi isso que pensei na altura.

Viro-me para me ir embora, desejando ter um tradutor, desejando que alguém conseguisse descodificar todas estas pistas. Mas não tenho, por isso volto para Kana, para o nosso encontro da tarde. Tenciono fazer-lhe perguntas sobre a casa de chá e sobre o templo, pedir-lhe para me contar tudo o que sabe. Estou a meio da cidade quando o meu telemóvel apita. Puxo-o e vejo que tenho um *e-mail* de Jeremy.

Abro-o com um clique. **Meu. Esta é a Sydney. Conheci-a na praia a noite passada. Adivinha lá? Adora cães! Não é incrível?**

Há uma foto de uma morena deslumbrante com uma *T-shirt* cinzenta de decote em V e calções compridos, que acena para a câmara com uma mão. A outra mão descansa na cabeça de um cão. A minha cadela está a olhar para o outro lado, mas vejo-lhe metade do focinho. Rio-me quando leio o resto do *e-mail.*

Para que conste, não estou, tecnicamente, a enviar-te uma foto da tua cadela. Estou a enviar-te a foto de uma miúda.

Martelo uma resposta. **Para que conste, não estou a agradecer-te pela foto que por acaso inclui a cabeça de uma cadela. Estou a agradecer-te pelo sítio onde estava a mão daquela miúda quando tiraste essa fotografia.**

Visto que já estou no *e-mail*, disparo uma mensagem para Laini. **Como está Pequim? Fantástica, tenho a certeza. Estou em Tóquio e ouvi dizer que fizeste uma visita à mãe no inverno. É espetacular, embora tenha de admitir que seja um pouco estranho que nunca o tenhas mencionado nos nossos *e-mails*. Qual é a história?**

Vai levar dias a responder. É provável que esteja refugiada na biblioteca, a traduzir textos em chinês antigo para mandarim moderno ou algo assim. Está a fazer um mestrado ou um doutoramento na Universidade de Pequim. Francamente não sei em quê porque partiu há tanto tempo, primeiro a faculdade na Costa Leste, depois os estudos no estrangeiro, agora viver no estrangeiro, e mesmo que tivesse obtido algum grau universitário não me convidaria, não me contaria. Envia *e-mails* com suprema regularidade, quase sempre às segundas e quintas, o que me leva a pensar que estou na sua lista de coisas a fazer à segunda e à quinta. O resto do tempo está ocupada a ser chinesa, a estudar história chinesa, a aprender costumes chineses, a fazer tudo para renunciar aos anos em que foi criada totalmente à americana.

Fecho o telemóvel e continuo a minha caminhada pela cidade.

* * *

A minha mãe era bloguista, mas era mais uma empreendedora. Engenheira de formação, desenvolveu telemóveis durante anos, primeiro para uma empresa japonesa, depois para outra na Califórnia. Quando se fartou e saiu, iniciou um blogue sobre telemóveis que, muito depressa, era lido por toda a gente no ramo. Antecipou-se aos jornais nacionais e bateu *outlets online* durante anos, porque tinha contactos privilegiados em todo o lado. Esmagou de forma tão eficaz a competição entre blogues que uma grande empresa de edição lhe ofereceu muitos milhões pelo seu blogue.

– Temos de saber quando é altura de não ceder e quando é altura de vender – disse-me quando fomos jantar fora para comemorar a venda. – É o maior erro que as pessoas cometem nos negócios. Tornam-se gananciosas e esperam demasiado tempo. Acham que conseguem mais. Que as ações vão subir mais. Mas o preço não vai estar sempre a subir. Por isso, é preciso agarrar a oportunidade.

Alguns meses depois, diagnosticaram-lhe o cancro e lutar contra o cancro tornou-se o seu novo emprego.

Quando chego a Shibuya, dou por mim a pensar se o conselho dela em questões de negócio me poderá dar jeito em relação ao que fazer com o apartamento aqui. Se deverei ficar com ele ou vendê-lo. Terei de pesquisar o mercado imobiliário em Tóquio para descobrir como aplicar a sua sagacidade empresarial.

Detenho-me em frente a uma loja de eletrónica, onde um vendedor está a tentar vender um aparelho de televisão. Pelo ecrã caminha um gato, um gato malhado raiado de prateado e preto. O gato para e ergue-se nas patas traseiras, sem mãos, ou sem patas. Depois aparece um cão, um dálmata, a guiar uma bicicleta vermelha por um passeio concorrido. Quando acaba, o ecrã muda para um esquilo a fazer esqui aquático.

– Aposto que não têm esquilos desses em Santa Monica.

Viro-me e vejo uma miúda mais ou menos da minha idade. É a pessoa vestida de forma mais estranha que já vi, o que é dizer alguma coisa, considerando que me passeei em Venice Beach. Usa sapatos vermelhos de vinil com saltos de doze centímetros com tiras enormes no peito do pé e botões igualmente enormes a prender cada tira, depois meias cor-de-rosa com pintinhas roxas até às coxas, depois uma saia plissada preta com raios amarelos. Em relação ao *top*, tornou-se conservadora com uma blusa branca de mangas compridas, mas por cima da blusa estão uns suspensórios com saxofones de desenhos animados cor-de-rosa. O cabelo está penteado em duas tranças e atou laços roxos à volta de cada uma delas.

Faz um gesto para os suspensórios cor-de-rosa e para os laços roxos.

– Percebes, combinam com as cores das meias.

– Certo. Claro. – Estou desinteressante com a minha *T-shirt* branca, calções bege e chinelos de dedo pretos.

Ela estende uma mão.

– Sou Kana Miyoshi. Calculei que fosses o rapaz americano, visto que, bem, és o rapaz americano.

– Sou eu. O rapaz americano. Danny Kellerman. – Tem um aperto de mão forte. Reparo nas unhas dos dedos. Estão pintadas com as cores do arco-íris.

– E só para o caso de estares a pensar nisso, não sou uma miúda Harajuku. – Lança uma olhadela às próprias roupas.

– Não pensei que fosses – respondo, porque as miúdas Harajuku são mais do estilo da personagem infantil Little Bo Peep. Usam grandes saias com folhos, bibes e sapatos de fivelas. Bem, não é que eu saiba alguma coisa sobre moda, mas quando já fomos a Tóquio mais vezes do que conseguimos contar em ambas as mãos, aprendemos estas coisas. Sobretudo quando a nossa mãe tem, *teve*, uma coisa pela moda japonesa. – Mas o cabelo é tipo Harajuku. – Aponto para as tranças.

Ela coloca as mãos na cintura e lança-me um olhar indignado.

– Tem de se ter o conjunto todo para ser Harajuku, Danny. Não me obrigues a levar-te a Harajuku para te provar isso.

Ergo as mãos em sinal de rendição.

– Escolho acreditar em ti. – Além disso, não faz mal nenhum estar do lado de Kana Miyoshi. Ela sabe coisas que eu não sei. Sabe coisas que eu *preciso* saber.

Entrelaça os dedos e fala com sotaque de *sensei*.

– És um homem sensato, Danny Kellerman.

Faz um gesto para o passeio, indicando que vamos caminhar juntos. Passamos por uma sapataria que vende ténis *Converse* decorados com Batman, Super-Homem e o Lanterna Verde e mergulha logo na conversa.

– Gostas de bolo fofo? Porque há um sítio totalmente espetacular apenas a cinco quarteirões. – Acena de forma frenética à nossa frente, como se para me mostrar onde poderá ser esse sítio dos bolos fofos. – Espera. Correção. Devia usar o termo correto. São *shoto*. O café chama-lhes bolos *shoto*! Mas verdade. Sabemos o que são! São bolos fofos. E, oh, meu Deus, se pedires, despejam molho de chocolate por cima. Com compota de mirtilo também. – A voz sobe quando menciona a compota, um som que só pode ser descrito como puro gozo infantil.

– Sabes que não te pareces nada com os teus *e-mails*.

– *Eu sei*! – Profere-o como se fosse um grito.

Uma executiva que passa desfecha-lhe um olhar de soslaio e abana a cabeça como se dissesse: *As raparigas não deviam falar tão alto*. Kana lança um olhar penetrante à mulher e depois assobia--lhe. Não consigo perceber se é a brincar ou a sério, mas a mulher desvia o olhar. Kana volta-se para mim.

– Mas, sabes, há o meu lado profissional – diz, inclinando a cabeça. Depois inclina-a para o outro lado. – E há o meu lado Kana.

– Lado Kana. Gosto. – Quase esbarro com uma jovem mãe que empurra um carrinho de bebé. – *Sumimasen* – digo para a jovem mãe. E continuo para Kana. – Então geres mais ou menos o negócio dos apartamentos para a tua mãe ou algo assim?

– Creio que é seguro dizer que oriento a parte das *comunicações* da coisa – retorque, esboçando aspas no ar com os seus dedos multicoloridos. – Não sei se te apercebeste, mas a minha mãe não é assim tão versada na questão do inglês.

– Acho que fala um inglês ótimo. Muito melhor do que o meu japonês, isso de certeza.

– Por falar nisso, senhor Danny. Há quanto tempo estás aqui? E vais aprender um pouco de japonês? Porque penso que é um triste pecado só saberes dizer *sumimasen*.

– Sei mais algumas palavras.

– Dizer *arigato* não conta.

– Muito bem. É um pecado – admito, decidindo deliberadamente manter o tom alegre, para ela gostar de mim, para continuar a falar, continuar a partilhar, embora pareça que estou a representar e precise de toda a minha concentração para me lembrar das falas, para trocar frases desta forma, uma atividade estranha para mim passados tantos meses. Mas a última coisa que preciso é que ela, a guardiã de informação, se feche como eu fiz. Por isso, opto por troçar de mim próprio. – Sobretudo visto que já aqui estive tantas vezes. É perfeitamente embaraçoso.

– Estou quase, tipo, muito embaraçada por ser vista contigo neste momento – brinca ela ao mesmo tempo que aponta para uma rua mais pequena que devemos seguir.

Passamos por um salão de *pachinko*, onde tipos de meia-idade, de fato, e jovens, de calças de ganga justas, inserem moedas em máquinas de jogo japonesas.

– De qualquer maneira, não sei quanto tempo vou ficar, por isso... – A minha voz diminui de intensidade, porque a verdade é que diferença tem a duração da minha viagem com o facto de eu aprender ou não a língua? Sei o suficiente para me desenrascar com a mais básica das transações, mas é tudo.

Kana abana um dedo na minha direção e depois matraqueia uma torrente de palavras japonesas que não fazem qualquer sentido. A seguir ri-se, com a boca toda aberta. Quem me dera saber o que disse.

– Aposto que desejavas saber japonês agora – diz e bate-me com o dedo algumas vezes no peito.

Penso que é meio diabinho, meio duende.

– E eu acho que poderás adivinhar o pensamento – replico quando chegamos a uma porta de um amarelo suave ao lado de uma montra com uma pirâmide cheia de bolos fofos. Pequenos chocolates de todas as formas e tamanhos caem em cascata pelos lados.

Mas ela é mais do que uma adivinhadora de pensamentos. É a rapariga que teve conhecimento de histórias, talvez até de segredos. E, apesar de em breve ficar a saber que bolos fofos encharcados em compota de mirtilo e ensopados em molho de chocolate são oficialmente incríveis, o que sabe ainda melhor é que Kana diz que sim quando lhe pergunto se me leva já à casa de chá Tatsuma.

CAPÍTULO TREZE

Tento ignorar os nervos dentro de mim enquanto Kana me guia através de ruas que não sabia existirem. Tento esmagar uma inquietação enervante ao fundo da minha mente. E se, depois de tudo isto, depois de oito mil quilómetros, depois de abandonar a Califórnia à procura do que resta da minha família, não descobrir mais do que aquilo que trouxe? E se a minha mãe não andava atrás de alguma medida desesperada? E se não houver *nada* na casa de chá e só ficar a saber que a minha mãe apenas gostava de beber chá? Ponto final. Caso encerrado.

Então ficarei tão de mãos vazias como quando saí do prédio do consultório de Takahashi.

Obrigo-me a concentrar-me em Kana e no que está a dizer sobre Tóquio enquanto ela abraça o seu papel de guia turística, cavaqueando quando nos precipitamos por um cruzamento movimentado e depois descemos outra pequena rua. Esta é mais sossegada e está cheia de casas em vez de lojas e galerias. É estranho porque sinto que conheço Tóquio. Consigo andar pela cidade em qualquer metro, fazer as ligações certas, sair nos sítios certos, encontrar os restaurantes, lojas, museus e tudo isso. Mas agora sinto-me cego, como se fosse a primeira vez que aqui venho. Porque percebo que nunca na realidade explorei as ruas e vielas minúsculas e retorcidas que se projetam das vias principais e nos levam a sítios que nunca descobriríamos com apenas uma morada, um número num pedaço de papel. Dizem que Tóquio está concebida desta maneira por causa das guerras, que os japoneses construíram ruas em ziguezague que se cruzam ao acaso para ser mais difícil para os invasores marchar a direito pela cidade e tomá-la.

No final de uma rua que é mais um caminho empedrado estreito, chegamos a um portão de ferro forjado. Kana abre o portão. Sigo-a e ela fecha o portão atrás de nós. Estamos dentro de um pequeno jardim vedado. Kana guia-me por um caminho sinuoso, passando por árvores e arbustos. Atrás da árvore mais alta encontra-se uma pequena casa de chá, empoleirada na borda de um lago.

– *Tam-tam!* – declara Kana com um floreado do braço. Chegámos a uma porta de aspeto antigo com caligrafia tradicional japonesa na frontaria. – Esta é a casa de chá Tatsuma – sussurra Kana, com reverência na voz. – Segundo a lenda, as folhas de chá não são folhas de chá normais. Têm poderes místicos.

Poderes místicos. Deve ser isso. Devia ser nisso que a minha mãe acreditava. Tem de ser por essa razão que ela vinha aqui. Estava a arriscar tudo, tal como pensei quando li a carta de Kana.

– Conta-me tudo – peço.

Kana endireita-se, estica os braços como se convocasse um espírito antigo e depois começa.

– Existe uma lenda segundo a qual, há muito tempo, um dos imperadores japoneses tinha uma mulher jovem e bela, que de repente ficou doente. Ele amava-a muito e procurou por todo o lado os melhores médicos em todo o arquipélago para a tratarem. Mandou até os seus homens procurar médicos na China. Amava-a mesmo muito. O facto de o imperador se virar para estrangeiros era um sinal de que estava desesperado. E eles vieram. Vieram de barco para a tratar. Mas a cada médico que se seguia, ela ficava mais doente. Não se conseguia levantar. Ficava deitada na cama o dia inteiro e a febre começou a controlar-lhe o corpo e o cérebro. Tinha alucinações, falava com pessoas que não existiam. Mas o imperador amava-a tanto que, quando ela murmurou qualquer coisa sobre as folhas de chá nos campos ali perto, foi ele próprio procurá-las. E ali, nos campos perto do seu palácio, campos onde só se cultivara arroz, havia uma fila única de plantas com folhas de chá a brotar da terra.

Kana faz um gesto suave e terno com as mãos, como se puxasse uma folha de chá do solo. Continua com o seu tom velado e, durante um breve segundo, sinto-me como se estivesse no templo e o rabi fosse falar.

– E apanhou-as ele próprio. – Exemplifica, como se estivesse a colher as folhas de um arbusto. – E transportou-as para o palácio, não deixando cair uma única folha. Depois ordenou ao real mestre do chá que fizesse chá com aquelas folhas. Pediu um bule perfeito de chá. O mestre do chá cumpriu, fervendo a água apenas até aparecerem as bolhinhas mais pequenas, despejando então a água de imediato, depois deixando em infusão durante exatamente o tempo certo. O imperador levou o bule a fumegar num tabuleiro para a mulher e serviu ele próprio a chávena. Ela recusou-o ao princípio, mas ele insistiu com ternura, encorajando-a a provar. Disse-lhe que era o chá que ela pedira. Ela bebeu um gole, depois outro e depois olhou para ele e disse... – Kana faz uma pausa, estende a mão e pousa-a na minha face, como se estivesse a atuar, como se estivesse a representar o papel da mulher jovem – ... *meu amor*.

A mão dela é quente e a sensação é boa. Deixa a mão no meu rosto durante mais alguns segundos, continuando:

– E todos os dias bebia mais e todos os dias ficava mais forte. E depois curou-se.

Curou-se. Uma palavra tão magnífica, uma palavra tão dolorosa. A palavra pela qual rezei, supliquei, desejei, esperei. A única palavra na língua inglesa que interessa.

Kana retira a mão. O meu rosto fica frio. Quero a mão dela de volta. Quero que toque de novo na minha face.

– E ficaram juntos durante muitos anos. Tiveram cinco crianças saudáveis e viveram vidas longas e felizes. E a mulher agradecia todos os dias pelas folhas de chá Tatsuma que tinham crescido nos campos quando ela mais precisava delas.

Apetece-me rir. Zombar. Quero troçar disto tudo. Mas qualquer coisa na forma como ela fala adverte-me que não faça. E qualquer coisa na forma como ela conta a história faz-me querer acreditar também no chá. Não me faria mal acreditar em alguma coisa desta vez. Não me faria mal acreditar no mesmo tipo de possibilidade em que a minha mãe acreditou. No final de contas, ela é que estava feliz, não eu, não o buraco negro do filho. Talvez a minha mãe tivesse resolvido as coisas. Talvez a hipótese de ficar boa fosse elixir suficiente para lhe trazer alegria.

– E agora diz-se que as folhas de Tatsuma podem curar doenças quando todos os outros tratamentos falharam. Diz-se que as folhas de Tatsuma trazem paz, uma cura para a mente e para o corpo quando nada mais funciona. E por isso Takahashi mandou cá a tua mãe. E nós acompanhámo-la. Porque diz a lenda que nenhum estrangeiro consegue encontrar sozinho as folhas de Tatsuma.

Agora rio-me mesmo. Já suportei suficiente gozo do rapaz branco por parte da minha irmã.

– Não me lixes.

Ela abana a cabeça e coloca um dedo nos lábios. Um pássaro flutua lá em cima. Um mosquito aterra no meu braço. Sacudo-o com uma sapatada. O jardim está sossegado; o silêncio é misterioso.

– Danny, é a lenda. Não se pode questionar. Tem de se respeitar.

Muito bem. Então esta rapariga, apesar das roupas loucas, é também tradicional, à sua maneira. Ergo as mãos.

– Está bem, respeito a lenda. A minha mãe respeitava-a? A minha mãe, sabes, acreditava nessa história?

Kana aquiesce.

– Durante muito tempo sim. Acreditou nessa possibilidade com todo o seu coração.

Pergunto-me porque nunca me contou, porque nunca partilhou essa convicção comigo. Eu sabia que ela era uma lutadora. E claro, sei que queria viver. Mas nunca tomei conhecimento dessas esperanças mais profundas.

– Podemos entrar agora?

– Sim – responde e empurra a pesada porta vermelha.

É como entrar num santuário. Não há janelas. A sala está iluminada apenas por velas. Cinco mesas baixas estão dispostas no chão de pedra. Almofadas de cores escuras, carmesim, azul real e verde-floresta rodeiam as mesas em vez de cadeiras. É a forma tradicional japonesa de se sentar. Todas as mesas têm um conjunto de chá como centro de mesa: pequenas chaleiras de ferro fundido flanqueadas por chávenas sem pegas. Kana aponta para os meus sapatos. Tiro as minhas chinelas de dedo e coloco-as num cubículo de madeira. Kana descalça os seus sapatos volumosos. Por trás de uma porta de madeira surge uma mulher vestida com um quimono verde. Kana fala com ela em japonês. A mulher faz um gesto para uma das mesas e sentamo-nos.

– Devemos beber este Tatsuma? Mesmo não estando doentes? – sussurro.

Kana anui e depois pega-me nas mãos, uma mão em cada uma das dela. Baixa a cabeça e sussurra palavras que não conheço e não entendo. Sigo o exemplo dela e baixo também a minha cabeça. Ela levanta os olhos e sorri, um sorriso sereno. Estava frenética, energia maníaca a derramar-se dela até aqui chegarmos. Agora está calma. Talvez este sítio tenha realmente poderes mágicos.

A mulher logo aparece, muito rápida, levanta o conjunto de chá no centro da mesa e substitui-o por um novo conjunto, um bule a fumegar e duas chávenas. Ergue o bule a vários centímetros no ar e inclina o bico para baixo. Observo o líquido escaldante a jorrar. Espero que ela tenha boa pontaria. Espero que seja tão boa como a minha quando jogava na zona do lançador. Na realidade, espero que seja melhor.

Enche as chávenas. Depois olha para Kana e chovem mais palavras. A mulher tagarela durante um minuto, depois outro, com Kana a abanar a cabeça e a sorrir o tempo todo. As únicas palavras que entendo são as últimas que me dirige a mim:

– *Domo arigato.*

– *Domo arigato* – repito, a pensar no que lhe estarei a agradecer.

– Ela diz que teve muita honra em cuidar da tua mãe – explica Kana.

– Cuidar dela?

– Sim. Servia-lhe o chá. Como eu te disse.

– Mas como é que isso é cuidar dela?

Kana manda-me calar e incita-me a beber. Bebo um gole. Sabe a cevada. A cevada quente. O que tem de tão especial este chá terapêutico? Insisto:

– Como estava ela a cuidar da minha mãe se ela morreu? – Estou farto de andar com rodeios. Quero saber o que pretendem significar todas estas lendas, todo este chá e felicidade e curas terapêuticas. – Caso não saibas, ela morreu. *Okay*? Não houve cura nenhuma. O chá não funcionou. Afinal não é místico. Ela foi-se. Foi-se. *Sayonara.* Está tudo acabado. – A minha voz é cáustica, as palavras corrosivas, mas por dentro quero apenas saber todas as coisas que a minha mãe nunca me contou.

– Não é assim tão simples, Danny – diz Kana com uma voz suave. – Nada é.

Afasto-me da mesa. Mas não é muito fácil fazer uma saída rápida quando estamos sentados de pés descalços e pernas cruzadas numa almofada. Remexo-me, tentando arrastar-me mais para trás, mas as minhas pernas parece que estão presas.

– Fica.

Obedeço, porque é mais fácil do que me desenredar desta mesa. Mas não bebo mais chá.

– Então estás aqui. Em Tóquio.

– Obviamente.

Revira os olhos de forma contundente e depois dá uma palmadinha na pequena mala que traz consigo. Parece um panda empalhado com pegas.

– Danny, uso uma mala panda. Achas que o sarcasmo me incomoda? – Abre muito os braços e mostra um grande sorriso. – Sou impérvia.

Aceno com a cabeça e faço o gesto de lhe tirar o chapéu.

– De acordo. Desculpa.

– Bem, queres ver as fotografias?

– Sim.

Mete a mão na mala e coloca algumas fotografias em cima da mesa. A minha mãe com a sua peruca de um rosa forte a segurar numa chávena de chá como se estivesse a fazer um brinde.

– Eu adorava as perucas dela. Todas elas – observa Kana, nostálgica, relembrando-me que ainda tenho de decidir o que fazer com aquelas perucas e com todas as outras coisas da minha mãe.

– Ela estava nesta mesa? A mesma em que nós estamos?

– Gostava desta mesa. Chamava-lhe a sua mesa da sorte.

Interiorizo aquilo, a ideia de que estou sentado na mesma mesa onde a minha mãe se sentou há alguns meses. Toda a minha zombaria, todo o meu escárnio se esfumam. *Sorte.* Bem desejava que ela tivesse sido uma das que têm sorte.

– Mas afinal a mesa não lhe deu assim tanta sorte. O chá não a curou.

– Por vezes, a cura não tem a ver com os nossos corpos – diz Kana.

O chá ainda se encontra à minha frente. Não gosto do seu sabor. Não gosto que não tenha funcionado como eu queria que funcionasse. Mas sorte? Bem que podia ter alguma. Bebo outro gole. Não é um chá místico. Não traz a visão aos cegos. Mas bebê-lo outra vez faz-me ponderar uma nova possibilidade: que talvez o que a minha mãe procurava não fosse a cura da doença, mas curar-se da forma como a doença nos pode esvaziar o coração.

– Ela até pediu à senhora Mori se podíamos tirar esta fotografia, porque a casa de chá não autoriza câmaras. A senhora Mori gosta da tua mãe, por isso abriu uma exceção. – Kana acena para o fundo da casa de chá e deduzo que a Sra. Mori seja a mulher que serviu o chá. – A tua mãe não tinha o telemóvel, por isso eu usei a minha câmara e disse-lhe que lhe dava uma cópia a sério, não apenas uma digital. Mas esqueci-me! Lamento tanto. Tencionava enviá-la para ti.

– Para mim?

Kana acena com a cabeça.

– Sim. A fotografia era para ti. Ela disse: *Danny não pode cá estar, por isso vamos mostrar-lhe a casa de chá.*

Tudo o que escondo, tudo o que reprimo, está a ameaçar transbordar agora e desejava conseguir controlar este jogo cruel de pingue-pongue que se desenrola dentro de mim. Num minuto sinto ciúmes, no minuto seguinte sou trespassado pelo sentimento de culpa e depois simplesmente sucumbo.

– Adoro-a – digo para a mesa.

Mostra-me outra. A minha mãe à porta de um templo. Desta vez não está a posar para a câmara. Está a olhar lá para dentro e o fotógrafo, Kana, apanhou-a de perfil. Parece em paz, satisfeita.

– És uma boa fotógrafa.

– É espantoso o que se consegue fazer quando não se recorre sempre a um telemóvel, não é? Adoro a minha máquina fotográfica – responde e depois empurra as fotos para mim. – São para ti.

– Então qual é a história? Ias com ela para todo o lado? Como ao médico ou assim?

Kana ri-se um pouco e depois sorri.

– Às vezes. Ela gostava da companhia. Gostava de falar. E considerando que sou tão assombrosamente fabulosa na questão linguística, andava com ela.

– Quer dizer que eras tradutora? Pensei que o japonês da minha mãe era bom, do tempo que trabalhou aqui e isso tudo.

– Deixa que te diga que o japonês dela é *muito* melhor do que o teu. E, além disso, Takahashi fala inglês, seu nabo. Embora a tua mãe falasse em japonês com a senhora Mori quando aqui estava.

É uma ideia estranha, a minha mãe esteve aqui nesta casa de chá sossegada tipo zen a falar uma língua difícil que mal conheço com uma mulher que se sentiu honrada por cuidar dela, que a deixou tirar fotos neste lugar, enquanto eu estava em casa a estudar Faulkner ou a escrever ensaios sobre os Habsburgo ou os Hohenzollern.

E esta rapariga à minha frente não era apenas a pessoa que cuidava do apartamento, não era apenas uma guia que ajudava a minha mãe a circular na cidade, como eu tinha presumido a partir das suas cartas e do seu emprego. Era mais, muito mais.

– Eras a amiga da minha mãe – digo e sai-me como um sussurro.

– Sim, era amiga da tua mãe. Éramos ambas muito tagarelas, caso não tenhas reparado. Gostávamos ambas de palrar, palrar, palrar. – Bate com os dedos no polegar, a imitar uma boca a falar.

Sorrio debilmente, mas é tão estranho olhar para a vida da minha mãe aqui, para os seus amigos aqui naqueles poucos dias por mês em que estava fora. A minha mãe era amiga de uma rapariga alegre e otimista da minha idade, aqui em Tóquio. Depois rio-me por dentro, talvez fosse por *isso* que estava tão feliz aqui e na Califórnia também. Talvez Kana contagiasse a minha mãe.

– Fico contente por vocês serem amigas – digo para o chá. Não tenho coragem de lho dizer na cara.

– Ela era fantástica, Danny. Adorava-a. E sinto muito pela tua perda. E lamento muito não o ter dito antes.

Estende a mão, pousa-a sobre a minha e depois pergunta-me quanto tempo ficarei em Tóquio.

Encolho os ombros.

– Não sei. Comprei um bilhete só de ida, por isso depois resolvo. Calculo que ficarei o tempo que precisar.

– De que precisas?

É uma pergunta tão simples, mas podia responder-lhe de cinquenta mil maneiras diferentes. Porque há tanta coisa de que preciso. Sinto-me repleto de tantas carências, tantas necessidades e, contudo, todos os dias tento alcançar o alvo e todos os dias continuo a falhar.

Mas a resposta mais simples é a que parece tão distante.

Ser feliz.

– Disseste que ela era feliz. Quero saber o que a fazia tão feliz quando aqui estava. Sobretudo visto que estava a esforçar-se tanto por viver mais dois meses. Estava sempre a dizer que ia aguentar até à minha cerimónia de formatura e parecia que ia conseguir. Parecia que conseguiria combater o cancro para sempre. E depois, *bang*. Piorou. E aconteceu tudo tão depressa. Pensei que aguentava. Pensei que estava preparado. Tive uma aprendizagem de cinco anos para isto. Além disso, já o fizera com o meu pai. Não era a minha primeira vez no carrossel. Mas, quando ele morreu, foi de repente e completamente inesperado e tudo o que senti aconteceu *depois*. Mas com ela, foram *cinco anos* a esperar que as coisas corressem pelo melhor e a ter receio do pior, tudo ao mesmo tempo. Todos os dias. E depois o fim. Foi mais horrível do que qualquer coisa que tivesse imaginado nos cinco anos anteriores – digo, contando tudo, porque é exaustivo estar sempre a erguer muros à nossa volta. Não posso lutar todos os segundos de todos os dias para manter o sofrimento lá dentro. – E suponho, sobretudo, que quero entender por que razão nada funciona para mim. Porque era ela a pessoa feliz quando estava a morrer e eu simplesmente pareço não conseguir lidar com nada quando estou vivo.

Kana aperta-me a mão com mais força e apercebo-me de súbito que lhe disse mais palavras, mais palavras pessoais, do que a qualquer outra pessoa nos últimos tempos. A qualquer outra pessoa há meses.

– Isto foi tipo um monólogo – acrescento.

– Foi um bom monólogo. E verdadeiro também. Porque é sempre mais doloroso quando temos de continuar. Quando somos nós que ficamos. É assim.

– Calculo que era isso que eu devia ter dito na cerimónia de formatura. Suponho que era isso que estava a sentir quando estava naquele estúpido pódio – replico e quando ela retorce as sobrancelhas numa pergunta, desabafo mais. Falo a Kana da cerimónia, como correu, o que eu disse e depois como estive a fazer musculação a seguir. Flito o bíceps a troçar comigo mesmo. – Mas vê. Pelo menos os meus braços estão fortes.

Ela ri-se.

– Não há mal que bem não traga.

– E a outra coisa – continuo, voltando à sua pergunta sobre o que preciso. – Preciso de falar com Takahashi. Ela achava que ele era a sua última grande esperança. Foi o que disse dele. Preciso de falar com ele, saber como é que ele a estava a tratar. Até lhe deixei uma mensagem há alguns dias. Mas fui lá hoje e ninguém atendeu.

– Ele vai estar no Tibete durante três semanas. Fiquei a conhecer uma das senhoras que lá trabalha, uma rececionista, e ela mencionou o assunto. Trata os indigentes sem cobrar nada. Volta no princípio de julho.

– Três semanas a partir de agora?

Ela acena com a cabeça.

– Tenho de esperar três semanas? – pergunto de novo, como se a segunda vez produzisse uma resposta diferente, uma resposta *melhor*, porque não quero esperar. Vim até cá para aprender, para descobrir, para saber. Além disso, as respostas sobre por que razão guardava aquelas cartas em particular na pilha *Pessoal* serão muito mais difíceis de deslindar do que a questão dos medicamentos. Isso devia ser a coisa fácil. Falar com o médico, obter os pormenores.

Pronto. Resolvido. Esse mistério solucionado.

– O que significa – diz Kana, voltando àquela energia buliçosa que parece ser o seu estado natural – que vais cá estar durante três semanas! – Depois bate palmas algumas vezes. – O que significa também que tens de me deixar ensinar-te japonês, *okay*, Danny? Deixa-me fazer isto por ti, pela tua mãe. Por favor, por favor, por favor, por favor, por favor, por favor, por favor? – Inclina-se para a frente e agita as pestanas, compridas, falsas e roxas. – Por favor, bonitinho, com açúcar por cima?

É outra vez a Kana frenética. A rapariga que me encontrou a ver esquilos a fazer esqui aquático.

– Quanto?

Arregala os olhos e ergue uma mão.

– Oh, não. Não estou a pedir dinheiro. Gosto de ti. E não quero ficar envergonhada com o teu japonês horrível, terrível, horroroso.

Consigo esboçar um pequeno sorriso.

– Quer estejas aqui uma semana ou a vida toda, tens de falar melhor do que falas agora.

– Parece que são pelo menos três semanas – digo, meio resignado a esperar, mas também um pouco aliviado por ter uma razão clara e definida para ficar aqui durante tanto tempo, uma razão para *não* regressar já. É estranhíssimo, mas, apesar do meu monólogo, sinto que quase fui humano esta tarde. Não é uma sensação nada má. – Kana, disseste que a minha mãe contava sempre histórias sobre a família quando aqui estava. Podes contar-mas? As histórias que ela te contou? Gostaria de ouvi-las.

Porque, na realidade, é o que mais *preciso* neste momento.

CAPÍTULO CATORZE

Kana inclina-se para a frente, fazendo gestos teatrais, e fala-me do jogo do campeonato distrital que ganhei com um *shutout* no meu segundo ano do secundário, da nota elevada que tive no meu teste de história o ano passado, já a contar para a faculdade, de como *Sandy Koufax* sempre dormiu na minha cama, mesmo desde a primeira noite em que a trouxemos, mesmo quando a minha mãe tentava que fosse dormir para a cama dela. Fala-me de como nós os quatro adorávamos montanhas-russas e treinávamos levantar os braços em uníssono quando vínhamos a descer, tudo para a minha mãe poder ter uma foto de família tirada naquele preciso instante. Fala-me de como o meu pai me ensinou a salvar aranhas que descobria em casa pondo-as lá fora em vez de as pisar, de como isso era um das coisas mais encantadoras que herdara dele e que a minha mãe via em mim quando ele já morrera.

Consigo ouvir a minha mãe a dizer estas palavras. São as palavras da minha mãe; são as histórias da minha mãe. Conheço estas histórias. Vivi estas histórias. Mas gosto mais delas quando as ouço relatadas, sabendo que a minha mãe as contou a outras pessoas, sabendo que a minha mãe queria partilhar-me com os seus amigos aqui. Aqui parece-me que está viva, como se tivesse deixado uma parte viva dela aqui em Tóquio. A ideia atravessa-me a mente por um segundo: será que a minha mãe deixou estas histórias aqui para mim? Tenho a certeza que soa terrivelmente egoísta, mas terá plantado as sementes destas histórias, como plantava jardins, flores e bolbos, para conseguirem encontrar o seu caminho até mim? Foi algum tipo de presente, talvez um legado, que deixou para mim? Talvez soubesse que eu viria à procura. E talvez quisesse que eu ficasse com elas, um gesto vindo de além túmulo, um guia para eu continuar a mexer-me, continuar a viver, continuar a indagar.

– São umas boas histórias. Presumindo que são todas verdadeiras – provoco e é bom voltar a brincar.

– Talvez algum dia me contes uma história.

– Talvez. Mas as histórias não são o meu forte.

– Oh, mas são o meu. E espera! Há mais uma – diz, aquele sorriso a iluminar-lhe o rosto, ao mesmo tempo que ressalta uma ou duas vezes na almofada. – Contou que estavas apaixonado pela filha da melhor amiga dela.

Aperto com força a minha chávena de chá e baixo os olhos.

– Disse: *Danny está apaixonado pela filha da minha melhor amiga desde o terceiro ano. Teve uma paixoneta por ela quando ela usou um vestido amoroso de guingão preto e branco na escola e só falava de como ela estava bonita. E depois na escola secundária estava sempre a ir a casa dela mostrar-lhe algum vídeo divertido de gatos ou cães, ou ela estava sempre a vir à nossa para fazer a mesma coisa. Como se eu não soubesse que gostavam um do outro.* – Kana ri-se, um riso um pouco resfolgante e parece mesmo a minha mãe. – E disse que Holland era louca por ti.

Contra o que acho sensato, contra todas as minhas proteções e defesas, fito Kana nos olhos, porque ainda desejo a lembrança de que Holland também gostava de mim.

– Disse que costumava dizer a Kate: *Eles estão tão apaixonados. Se calhar vamos ser parentes por afinidade além de melhores amigas.*

Estávamos ambos completamente apaixonados, loucos um pelo outro. É verdade. É uma história que não muda. Mas a história foi contada. Conheço o fim.

– Continuas com essa mulher épica? Ela vem ter contigo a Tóquio? Talvez a voar pelo céu com a sua capa e fato de Super-mulher?

Abano a cabeça.

– Não.

– Então temos de te encontrar uma fabulosa rapariga japonesa para consertar o teu coração destroçado.

– Não disse que estava destroçado.

– Não precisavas de o fazer – retorque Kana.

Olho para as velas que tremeluzem nas prateleiras. Recordam-me a noite em que quase queimei as fotografias de Holland depois de ela me ter deixado. Tinha-as guardado todas, tinha encomendado provas das melhores, incluindo ela a vencer-me num jogo daqueles de bater na toupeira no molhe de Santa Monica.

– Ah! Toma lá isso! – Holland ergueu os braços no ar, vitoriosa.

Tirei-lhe uma fotografia. E muitas mais, ela a caminhar à minha frente para outra máquina de jogos, ela a pedir algodão doce, ela a oferecer-me um pedaço da nuvem açucarada.

– Como é possível que estejas atraente em todas as fotografias? – perguntei, olhando para as imagens dela no meu telemóvel.

Revirou os olhos.

– Porque estás apaixonado por mim. Pela mesma razão que estás atraente no meu telemóvel.

– Vamos tirar-te uma foto na roda gigante.

Arregalou os olhos; logo estávamos a viajar no céu noturno. Agarrou-me a mão quando subimos mais alto e os carrinhos se encheram de pessoas. Consegui sentir-lhe as unhas a enterrarem-se a dada altura.

– Estás bem?

Assentiu.

– Sim.

Chegámos ao topo, o ponto mais alto da roda gigante.

– Olha para aquilo.

Porém, ela continuava a olhar para baixo. Fitava os pés. Enfiei-lhe uma madeixa de cabelo para trás da orelha.

– Tens medo das alturas?

– Não!

Mas não levantava os olhos. A roda gigante parou de se mexer.

– Tira o teu telemóvel – pedi eu.

Comecei a enviar-lhe mensagens para ela não ter de perceber a altura a que nos encontrávamos. **Consegue-se ver daqui o letreiro publicitário de Hollywood.**

Escreveu em resposta: **Não consegue nada!**

Depois foi a minha vez. **Está bem, mas consigo ver aquele tipo que anda sobre andas em Venice Beach.**

Está a usar aquele chapéu alto vermelho e branco?

Está. Mas tem um pássaro colado em cima. Tão esquisito.

Fingi que tirava uma fotografia e ela riu-se, mas continuámos assim durante o resto da volta. Quando descemos, ela não tirara uma única vez os olhos do telemóvel.

– Obrigada – disse quando os pés tocaram no chão.

– Porque não me disseste? Não tínhamos de andar na roda.

– Não queria que soubesses que eu tinha medo das alturas. É tão patético, o meu estúpido medo das alturas.

– Holland, não tens de andar numa roda gigante por mim.

Ela pegou no telemóvel mais uma vez e voltou a escrever-me. **Ótimo, porque detesto o raio dessas coisas.**

Ri-me quando li a mensagem e depois agarrei-lhe a mão. Descemos a pista ao longo de Ocean Avenue.

– Diz-me de que mais tens medo?

– Para poderes usá-lo contra mim? – Apertou-me a mão quando o disse e percebi que estava a brincar.

– A sério. Para eu saber. Para não ter de te levar outra vez numa roda gigante para descobrir.

– Aranhas, sem dúvida.

– Escolheste o estado errado para viver.

– Eu sei – retorquiu ela, ao mesmo tempo que nos chegávamos para a direita, para um ciclista noturno, na pista de betão, poder passar. – Há aranhas por todo o lado nesta cidade. Na minha casa toda.

– Sabes o que faço com as aranhas?

– Não me digas que as guardas numa gaiola como animais de estimação.

– Oh, não. Já estiveste no meu quarto. Não há lá gaiolas de aranhas.

– Então o que fazes com as aranhas?

– O meu pai ensinou-me a salvá-las. Sempre que havia uma aranha na casa, gritávamos: «Alerta Aranha!» E ele aparecia com uma continência e um copo e eu ia buscar uma folha de papel. E depois ele colocava o copo por cima da aranha e fazia deslizar o papel por baixo. Levava a aranha até ao jardim ou à porta, ou outro sítio qualquer, e libertava-a. Não gostava de matar coisas. Por isso é o que faço também.

– Olha para ti. Um amante de animais. Até de aranhas.

Encolhi os ombros.

– Ele adorava animais. Todos os animais. Quer dizer, não era uma dessas pessoas que tinha uma casa cheia de lagartos ou cobras, mas também não era o tipo que pisava aranhas e as matava para as tirar da sua casa. Obviamente. A minha irmã, porém, passava-se. Tinha imenso medo de bichinhos e, apesar de eu ter apenas nove ou dez anos, eu é que ficava com a tarefa de capturar e libertar as aranhas que Laini encontrava quando o meu pai estava fora. Quando o meu pai regressava de qualquer viagem, a primeira coisa que eu fazia era relatar-lhe o número de aranhas. Era uma coisa recorrente entre nós os dois. Depois ele batia-me na palma da mão num «dá cá mais cinco» e levava-me a comer dónutes como recompensa ou algo do género.

– Sentes a falta dele? – perguntou Holland, quando nos aproximámos de um banco. Apontou para ele e sentámo-nos.

– Às vezes. Como por exemplo quando fazia um lançamento e ganhava e ele não estava lá, ou quando perdia e ele não estava lá. Ou, às vezes, quando salto para a piscina e venho ao de cima e não está lá mais ninguém senão eu. Mas depois há dias em que não penso nele. O que é horrível e não é horrível ao mesmo tempo.

– Se ele estivesse aqui, neste preciso momento, o que lhe dizias? E não apenas alguma coisa admirável, mas que coisa vulgar, banal, lhe dirias?

Passei-lhe os dedos pelo cabelo, deixando as suas ondas loiras escorrer-me pelas mãos.

– Dir-lhe-ia que me venceste no jogo de bater nas toupeiras esta noite. E perguntar-lhe-ia onde te poderia levar amanhã à noite e no dia a seguir, porque uma das coisas que foi mais horrível quando comecei a sair contigo foi não poder contar-lhe e queria, porque ele sempre gostou de ti.

Holland sorriu e chegou-se mais a mim.

– Eu também sempre gostei dele e tenho absoluto medo de aranhas, por isso estou contente por ele te ter ensinado bem. Também tenho medo de ficar trancada em casas de banho – observou Holland.

Imitei o gesto de riscar um item numa lista.

– Não trancar Holland na casa de banho. Devidamente anotado.

Encostou-se a mim.

– Não, pateta. Tipo casas de banho de bombas de gasolina.

– Oh, bem. Isso percebo. Também não quero ficar trancado em casas de banho de bombas de gasolina.

– E frio. Tenho terror de frio. Detesto neve e vento frio e temperaturas abaixo dos vinte graus.

Passei-lhe um braço em volta.

– Sei que isso foi só um truque para eu me chegar mais a ti.

– Foi. – Apoiou a cabeça no meu ombro.

Ficámos assim, calados, enquanto os corredores e ciclistas e outros guerreiros da noite martelavam o seu treino cardiovascular. No final de contas, era Los Angeles. A boa forma física é uma diligência de todas as horas.

– E de ficar longe de ti – disse ela e levantou os olhos para mim. Nada de brincadeiras agora, apenas a expressão mais pura nos seus olhos azuis. – Quando for para a faculdade daqui a um mês. Estou a três horas de distância.

Era a primeira vez que qualquer de nós mencionava *a coisa*. O fim inevitável do verão. O fim inevitável de nós.

Esperei que ela dissesse mais alguma coisa. Não queria admitir que guiaria três horas até lá e voltaria todos os dias só para a ver.

– Porém, não é assim tão longe – continuou Holland em voz baixa, sugerindo uma ideia, uma possibilidade. – Quer dizer, eu podia vir aos fins de semanas, certo? Ou talvez tu pudesses ir...

Deixou a coisa por ali e estava tão vulnerável naquele momento.

– Irei ver-te sempre que queiras, Holland.

– Vais?

– Sim. Caramba, sim.

– Não quero que isto acabe quando eu for para a faculdade, Danny. Quero estar contigo. Não quero que sejamos um desses casais que se esfumam quando um vai para fora.

Beijei-lhe a testa.

– Não seremos. Prometo. – Foi a promessa mais fácil que já fiz na vida.

– Estás a falar a sério? Vais lá ver-me?

– Sim. E tu voltas para cá? Para ver o teu *namorado do* secundário? – perguntei com uma ponta de sarcasmo, mas era um disfarce para os meus próprios receios. Que ela se sentisse envergonhada por ter um namorado ainda no secundário.

– Estás a gozar? Todas as raparigas sentirão inveja por eu ter catrapiscado um rapaz mais novo tão atraente – retorquiu e depois empurrou-me para baixo sobre o banco, subiu para cima de mim, deslizou as mãos por baixo da minha *T-shirt* e beijou-me com tanta força e com tanto ardor que quase esqueci que nos encontrávamos num local muito público.

Mas, quando me soergui à procura de ar, consegui soltar algumas palavras:

– Ficar ridiculamente excitado num local público.

– Quê?

– É disso que tenho medo.

Levantei-me e puxei-a comigo, depois fi-la andar à minha frente até ao meu carro, para não ser óbvio para mais ninguém o quanto a desejava. Guiámos até minha casa. A minha mãe estava a dormir profundamente, mas, mesmo que não estivesse, não se teria importado que Holland lá passasse a noite, enrolada nos meus lençóis, enlaçada nos meus braços, o queixo da minha cadela na perna da minha namorada a noite toda.

Mas não ficámos juntos quando ela foi para a UCSD. Afinal, ela não teve qualquer problema em fazer a coisa que disse recear mais.

Depois de me ter abandonado, fui buscar um isqueiro que a minha mãe usava para as velas. Trouxe as fotografias tiradas no molhe para o lava-loiças da cozinha e comecei a queimar a primeira. Mas depois parei. Soprei as brasas e enfiei as fotografias num envelope que empurrei para o fundo do meu guarda-fatos. Não podia reduzir a cinzas as fotografias dela, nem as recordações que tinha dela. Ela foi sempre uma labareda; foi sempre uma chama.

E assim as velas aqui na casa de chá Tatsuma recordam-me Holland. Mas também estou sempre a recordar-me dela, por isso tento descobrir uma forma de mudar de agulha.

– A tua mãe disse ontem que tinhas de praticar – digo para Kana. – O que praticas?

Os grandes olhos castanhos iluminam-se.

– Toco saxofone. Estou num grupo e vamos tocar num clube de jazz dentro de um par de semanas. Tens de vir! Por favor, por favor, por favor, vens ver-me atuar? Toco um solo de saxofone.

– Então tocas saxofone, tens uma mala panda, és uma fotógrafa fantástica, gostas de falar e assobias a mulheres nas ruas. Percebi bem, acertei?

Kana sorri com ar cúmplice, como se eu a tivesse apanhado nalguma coisa.

– Reparaste no assobio.

– Bem, é um bocado invulgar. Porque lhe assobiaste?

Encolhe os ombros.

– Qualquer dia digo-te. Mas, por agora, fala-me mais da tua irmã. Laini foi tão reservada quando a conheci.

A minha irmã. Todos os caminhos continuam a ir dar a ela e tenho a sensação que Laini e a minha mãe não estavam apenas a falar de gatos de *smoking* quando a minha irmã veio a Tóquio.

CAPÍTULO QUINZE

Quando Laini tinha oito dias, os pais biológicos vestiram-na com o seu pijaminha azul com pezinhos. Embrulharam-na num cobertor verde grosso e deixaram-na à porta de uma esquadra da polícia na cidade de Wuhan. Eram com certeza um casal pobre, com poucas opções, mas queriam que Laini se mantivesse quente e queriam que fosse encontrada rapidamente e sã e salva. Foi enviada para uma família de acolhimento que tomou conta dela nos primeiros onze meses da sua vida até que foi selecionada para um casal americano, Garry e Elizabeth Kellerman de Santa Monica, Califórnia. Esperavam por uma criança há quase dois anos. Não conheço propriamente os pormenores, mas presumo que tivessem tentado ter um bebé e não tivessem tido sorte. E tenho bastante certeza que também não tiveram muita sorte durante muitos anos *depois* da adoção de Laini. O que significa que tenho bastante certeza que sou um Bebé Ups. A minha mãe nunca o admitiria, mas é difícil contestar as provas. Nasci seis anos depois. No *estrangeiro*. É evidente que não estavam a planear ter-me.

Bem, a minha mãe costumava brincar dizendo que Laini era tão ultra-americana que era como se lhe tivessem aspirado tudo o que era chinês. Laini adorava cor-de-rosa, *Barbies*, piza e macarrão com queijo. Mas algo mudou quando Laini fez doze anos. Começou a dar-se mais com outras miúdas chinesas. Algumas sabiam mandarim e tinham aulas numa escola em Los Angeles. Laini pediu para ter aulas também e dentro de poucos anos estava a falar fluentemente, na galhofa com as amigas e com o nosso pai. Era o elo entre eles, a coisa deles. Mesmo quando se afastou da nossa mãe, manteve-se próxima dele e muitas vezes faziam pesquisa juntos sobre a China, procurando *websites* sobre cultura chinesa, estudos chineses, a língua chinesa.

Depois quis ligar-se às suas raízes, por isso embarcámos numa dessas viagens de regresso à *pátria* quando ela estava no secundário.

Pensei que a China seria como o Japão, mas foi falta de visão da minha parte. Não se podia beber a água na China. Os passeios abriam crateras em certas secções, os semáforos eram ignorados tanto pelos peões como pelos carros e a poluição das fábricas próximas abafava o ar à tarde. No meu segundo dia, vi um homem de bata branca a arrancar um dente de outro tipo num consultório dentário que era mais parecido com uma *barraca de comida*, ao ar livre e à vista de todos. Por isso fiquei no quarto do hotel a ler livros e a ver filmes no meu *iPod*. A minha mãe ficou comigo. Também não estava apaixonada pela China. Mas com Laini foi o oposto. Ficou estimulada pelo país. «Quero fazer tudo o que puder para ajudar a China. Para erradicar a poluição. Para salvar o ambiente. Para ajudar as famílias pobres para elas não terem de abandonar os seus bebés do sexo feminino», disse.

Continuou a voltar, verão após verão. O meu pai levava-a à China e a minha mãe e eu ficávamos em Tóquio. Depois regressavam para junto de nós no apartamento. Foi onde todos ficámos nas últimas férias da família, alguns dias depois de Laini ter acabado o secundário. A meio da viagem, o meu pai teve de ir a Quioto por um dia, em trabalho. Estava a chefiar o escritório de Los Angeles da empresa na altura, mas esta ainda mantinha a sede em Quioto, tal como fora quando eu nascera.

«Juro que vai ser só este dia em que terei de trabalhar nesta viagem. Depois serei todo vosso», disse-nos aos três quando nos deixou essa manhã no mosaico de Hachikō e se dirigiu para a estação de Shibuya para apanhar o comboio de alta velocidade para Quioto.

As suas últimas palavras.

Nessa noite, a minha mãe recebeu o tipo de telefonema que nos faz cair de joelhos. Fora atropelado por um camião que descia uma rua a toda a velocidade quando ele ia a atravessá-la. Teve morte instantânea.

Sem a menor dúvida que ficámos todos devastados, mas Laini exibiu a sua tristeza com farpas constantes antes de partir para a faculdade. Estava chateada por a minha mãe estar a trabalhar outra vez logo depois da morte do meu pai. Laini parecia pensar que o luto devia ser o emprego da minha mãe.

– Como podes fazer isso?

– Fazer o quê, Laini?

– Trabalhar. Sentares-te aí a trabalhar como se tudo estivesse normal – disse Laini, mas era isso exatamente que Laini também estava a fazer. Ia para a faculdade, continuar com a sua vida.

– Nada está normal, Laini. E não és a única que sente falta dele. Todos sentimos.

– Tens uma forma estranha de o demonstrar – respingou Laini. A minha mãe voltou ao que estava a fazer, mas a minha irmã continuou a insistir, a tentar que ela mordesse a isca. – Aposto que, se ele estivesse casado com a minha verdadeira mãe, ela sentiria a falta dele.

A minha mãe levantou os olhos, exaustão e frustração expressas no rosto.

– Não. Não faças isso outra vez, Laini.

– Talvez *ela* sinta a minha falta – contrapôs Laini. – Já alguma vez pensaste nisso?

– Tenho a certeza que sente, Laini. Tenho a certeza que nunca te esquece.

– Talvez devesse ajudá-la a lembrar-se de mim. Talvez devesse procurá-la. – Laini apoiou as palmas das mãos sobre a mesa e fitou a nossa mãe, querendo que ela discutisse, esperando que ela discutisse.

– Talvez devesses. Se é isso que queres fazer.

– Talvez faça. Porque sabes que mais? Desejava que ela fosse a minha mãe – concluiu Laini e saiu da sala como um furacão.

Agarrei-lhe o braço.

– Estás a ser tão hipócrita. Deixa-a em paz.

Laini abanou a cabeça na minha direção.

– Nem sequer tentes isso comigo, menino da mamã. – Ergueu uma palma para mim, como um defesa a manter à distância um jogador da equipa adversária, e afastou-se.

Partiu para a faculdade dois meses mais tarde e mal a vimos outra vez, mesmo depois de a minha mãe ter ficado doente, passado um ano. É por isso que é tão estanho para mim que Laini tenha visitado a minha mãe em Tóquio. Por isso continuo a ligar-lhe até que ela quebre a sua regra das segundas-quintas e atende.

– Porque não me disseste que tinhas vindo visitar a mãe?

– E porque te diria?

– Porque nunca mais vieste a casa desde que partiste para a faculdade. Mas vieste *aqui.*

– Porque havia coisas que lhe queria dizer.

– Como o quê?

– Caramba, Danny. Alguma vez te ocorre dizer apenas olá? Iniciar uma conversa como uma pessoa normal, amável?

– Oh, desculpa. Certo. Fui eu que me demiti da família, por isso, sim, sou eu que devia ser repreendido.

Ela para e o silêncio surpreende-me. Somos tão bons nisto, nesta troca cruel de remoques. Laini e eu praticámos extraordinariamente bem sarcasmo e amargura, cordialidade e falsidade, durante anos. O que não praticamos é o *real.*

– Pensei que tinha razões – diz em voz baixa.

– Para te distanciares?

– Sim. Pensei que tinha razões – repete. – Estava enganada.

– Em relação a quê? – pergunto com cautela. Estou desorientado pela mudança de tom, pelo descongelar dos cumes de gelo polar.

– É uma conversa que devíamos ter pessoalmente.

– Laini, não vou apanhar o avião para a China para ir ter contigo.

– Não tens de o fazer. Estou em Quioto no fim de semana com o meu namorado. Ele está aqui a fazer investigação para a dissertação. Podes vir encontrar-te comigo aqui?

* * *

De manhã, apanho o primeiro comboio para Quioto. É sábado e o comboio está cheio de famílias, com pais e filhas, mães e filhos, irmãos e irmãs e só consigo pensar que este podia ter sido o comboio que o meu pai apanhou na sua última viagem.

O mesmo comboio, a mesma carruagem, talvez até o mesmo lugar.

Mudo para um lugar vazio do outro lado da coxia, pelo sim pelo não. Coloco os auscultadores nos ouvidos e perco-me na música, deixando as canções afogar-me durante algum tempo. Passo o dedo pelo meu telemóvel para trocar para uma nova banda e, como se alguém saltasse do armário e gritasse «Surpresa!», vejo uma mensagem de Holland a olhar para mim. A primeira vez que tenho notícias dela desde que a expulsei de minha casa há quase uma semana.

Como está Tóquio? Aqui temos saudades tuas.

Mesmo quando penso na minha família, na forma como todos nos estilhaçámos, Holland é ainda a verdadeira farpa na minha mão e não consigo arranjar coragem para a retirar. Quero bani-la. Quero encontrar a força para a ignorar para sempre e largar simplesmente o pedaço do meu coração desgastado e em farrapos que lhe pertence de forma irrecuperável. Mas o meu instinto para lhe tocar, para falar com ela, para a abraçar com força, é demasiado forte. Sobrepõe-se a qualquer capacidade que tenha de me salvar.

Enquanto serpenteamos para sul, através do Japão, para a cidade onde a minha irmã espera por mim, cedo. **Agora estou num comboio a caminho de Quioto.**

Passados segundos ela escreve: **Adoro comboios. São tão...**

Sei o que quer dizer. São tão *românticos*. Os comboios fazem-nos pensar em filmes, romances e chuva. Os comboios são as últimas horas antes de nos arrancarem à pessoa que amamos. Os comboios são todas as formas como sentimos falta um do outro: comboios errados, carris errados, hora errada.

Percebo o que queres dizer. Envio a mensagem antes de pensar nisso, antes de considerar a pura estupidez de a deixar voltar com um pouco de tagarelice, porque as palavras dela no meu ecrã são um ronronar, sensual e convidativo.

As cidades a passar a toda a velocidade pelas janelas...

Porque estou a fazer isto? Porque é tão bom falar como costumávamos, apesar de saber que isto é apenas uma sombra do que tivemos. Mas de qualquer maneira vou atrás dela. **O chocalhar das carruagens nos carris...**

Fecho os olhos e imagino que toda a gente neste comboio desapareceu e ficámos apenas nós, Holland e eu. Viajamos no comboio até onde ele for, a meio da noite, uma noite infinita com ela.

Chega outra mensagem. **Posso telefonar-te mais tarde? Quero falar contigo.**

O meu telemóvel é um comprimido, um comprimido doce e sedutor que me enganará levando-me a pensar que ela é o que eu preciso, quando não pode ser de forma alguma o que preciso. Enfio o telemóvel no fundo da minha mochila.

Um sinal vermelho brilha por cima das portas do comboio. Primeiro, carateres japoneses que não consigo ler. Depois em inglês: DENTRO EM POUCO FAREMOS UMA BREVE PARAGEM EM QUIOTO. O comboio larga-me na estação de Quioto e é uma nave espacial moderna, lustrosa, de metal. Logo estou a escapar às multidões e às ruas apinhadas de turistas que tiram fotografias. Já não venho a Quioto há vários anos, mas estudei o mapa a noite passada e agora encontro o meu caminho pelas vielas mais sossegadas, as pequenas lojas e as ruelas estreitas que conduzem a jardins e templos e que me levam a um carreiro que corre ao longo de um regato. De um dos lados desenha-se um conjunto estreito de degraus. Passados cinco minutos de subida na vertical, as escadas terminam num banco de pedra que se debruça sobre a água gorgolejante em baixo. Laini está sentada no banco. Levanta-se e, durante um segundo, penso que me vai abraçar.

Então lembramo-nos ambos: não gostamos um do outro.

CAPÍTULO DEZASSEIS

Sentamo-nos em lados opostos do banco. Laini levou almoço e, para mim, traz *sushi* num recipiente de plástico; para ela, escolheu pulmões de pombo num restaurante tradicional chinês.

– Shen e eu vamos lá sempre que estamos em Quioto – diz como se nos encontrássemos regularmente e conversássemos sobre as viagens dela e a sua vida.

– Calculo que Shen seja o teu namorado?

Anui com a cabeça e espeta um pedaço de pombo.

– Está a escrever sobre arte oriental, a comparar a japonesa com a chinesa. Por isso vimos cá de vez em quando. Ele vai passar a tarde nas galerias e museus.

– E essa comparação, deixa-me adivinhar. Aposto que pensa que a arte chinesa é melhor. – Enfio outro pedaço de *hamachi* na boca.

Lança-me um olhar severo. Devia ter sido professora no século XIX lá nas Grandes Planícies. Ter-se-ia dado bem, atrás daqueles óculos e com o cabelo apanhado. Mastiga a carne de pombo e só a ideia de comer uma ratazana de rua me enjoa.

– Gostas mesmo de pulmões de pombo?

– Os pombos são deliciosos. – Oferece-me um pedaço nos pauzinhos. Abano a cabeça com veemência. – Já alguma vez provaste?

– Não. Nunca comi pombo e não tenciono comer.

– Então como sabes que não gostas?

– É um *pombo*, Laini! Não se deve comer.

– Só porque não gostas, não significa que o resto do mundo não goste. Consegues ser tão tacanho de espírito.

– Sim. Sou tacanho de espírito. Sou limitado. É por isso que estou a passar o verão a oito mil quilómetros de casa.

– Porque estás a passar aqui o verão, Danny?

– Porque os Tokyo Giants me recrutaram. Não se importam que o meu ombro esteja liquidado. Vão deixar-me lançar a bola – digo e, por alguma razão, a minha piada desencadeia uma gargalhada.

Laini ri-se com a boca toda aberta. Tem dentes brancos, perfeitamente direitos, graças a dois anos e meio dos melhores ortodontistas de Santa Monica. Acho nisto um estranho consolo; ela é mais americana do que dá a entender. Então respondo-lhe. Não lhe digo que vim a Tóquio para resolver o que fazer com o apartamento que ela não quer ou para ficar a saber todos os segredos da nossa mãe. Mas também não lhe minto.

– Vim para Tóquio porque gosto disto aqui. Mas eu sempre gostei de Tóquio e tu nunca gostaste. É isso que não entendo. Porque quase nunca vieste a casa quando a mãe estava doente, Laini, mas vieste aqui e eu simplesmente não entendo. Afinal, o que tinhas de dizer à mãe?

Ela tira os óculos e esfrega a cana do nariz.

– Lembras-te como me comportei com a mãe antes de partir para a faculdade?

– Se me lembro? Como poderia esquecer? Foste uma sacana completa.

Retrai-se, mas aguenta o golpe.

– Não foi o meu melhor momento. Ou momentos. Mas não percebi isso na altura.

Laini sempre foi teimosa, sempre fez finca-pé. Para ela, admitir que estava enganada acerca de alguma coisa é algo de monta. Abrando um pouco.

– O que queres dizer com isso, Laini?

Mete a mão na mala, uma coisa *hippie* para raparigas, de fio trançado, de um verde-floresta. Tira um bloco de apontamentos *Moleskine*, solta a tira elástica que o mantém no lugar e abre o bloco. Comprimido entre duas folhas de papel está o canto rasgado de uma folha de um caderno com espiral. O rebordo serrilhado que completa o bilhete que a minha mãe guardava do meu pai.

O bocado que faltava.

Laini mostra-me o papel rasgado, segurando-o com cuidado com o dedo indicador.

– Vês a data?

Olho para a tinta azul que condiz com a folha que está agora na minha carteira. Um dos segredos da minha mãe; uma das pistas. O bilhete que o meu pai lhe escreveu: *L... Já sinto saudades tuas. Volto em breve. Amo-te, sempre.*

– Claro. É a data em que o pai morreu – digo e, tal como tinta invisível a aparecer, a coisa torna-se clara. Foi por isso que a minha mãe guardou *este* bilhete.

– Ele escreveu-lhe este bilhete *naquele* dia. Ela estava a lê-lo vezes sem conta depois de ele morrer. E, quando vi o bilhete, passei-me.

– Porquê?

– Porque era a última coisa que ele tinha dito. A última coisa que alguma vez diria. E disse-lhe a ela.

– Mas por que razão isso te fez passar?

– Porque foi para ela. Não para mim. E fiquei com ciúmes. E fiquei furiosa. Por isso comecei a rasgar o bilhete, mas parei e, em vez disso, guardei esta parte. – Ergue a pequena porção do papel. – Para ficar com alguma coisa para mim. Porque este bilhete levantou todas aquelas questões que eu sentia, mas nunca tinha dito.

– Que tipo de questões?

– Estás a ver, se calhar não pensas nisto porque és eles. És partes deles. Mas eu nunca senti que fosse suficiente para ela.

– O que queres dizer com isso?

– Ela teve-te depois de mim, Danny.

– Pois, é isso que sucede em geral com os segundos filhos. Vêm depois do primeiro. Além disso, não creio que estivessem a esforçar-se assim tanto para ter outro filho. Tenho a certeza que não estavam a planear ter-me – replico, para dar pouca importância àquilo, para ficarmos em pé de igualdade.

Ela suspira, o tipo de suspiro triste, vencido, ao mesmo tempo que se reclina no banco de pedra.

– Mas sou adotada e tu és filho verdadeiro deles.

– Laini, não pronuncies essa palavra. Sabes que a mãe e o pai nunca disseram isso – respondo, porque nunca disseram. Eu nunca fui o filho *verdadeiro*, o filho *natural*. Referiam-se apenas a mim como o filho biológico e a Laini como a filha adotada, mas éramos ambos filhos deles.

– Eu sei. Mas era o que eu sentia. A mãe nunca quis aprender chinês. Nunca quis ir à China. O pai é que foi. Era sempre ele que fazia essas coisas comigo. E ela nunca estava interessada, por isso senti que não estava interessada em mim. Só em ti. Só no filho *verdadeiro*.

– Para de dizer essa palavra.

– Mas eu estava sempre mais próxima dele. Sabes isso. Era uma menina do papá. Ele e eu estávamos sempre em sincronia, sabes o que quero dizer?

Aceno com a cabeça, imaginando todas as vezes que ela correu para ele primeiro, o abraçou primeiro, lhe pegou primeiro na mão.

– E quando ele se foi, senti-me tão desligada dela. Como se essa corda que me ligara à família Kellerman tivesse desaparecido. Ele era essa corda. Era o que me ligava. Era ele que queria fazer parte de onde eu tinha vindo. Ela nunca quis. Por isso era como se já não houvesse nada para mim nos Estados Unidos. Não havia nada para mim com ela. Por isso ataquei-a verbalmente. Porque estava tão destroçada pelo que lhe acontecera a ele. E tinha, de alguma maneira, de encontrar algum sentido para o que sucedera. Por isso, tentei entender as coisas indo-me embora. Acreditando que não tinha nada a ver com ela. Que ela não queria saber de mim. Que ele era o único que se importava e que se fora. Além disso, de qualquer maneira, eu ia para a faculdade. A mãe nem sequer estava doente ainda, por isso *o que importava*? Calculei eu. Ia seguir em frente. Para a minha nova vida. Para a vida que devia ter.

– Mas sabes que isso não é sequer remotamente verdade, certo? Porque *ela* amava-nos a ambos. *Ele* amava-nos a ambos. Ela *não* aprendeu chinês para te magoar, Laini. Só não aprendeu chinês porque não aprendeu chinês. Não houve nenhuma razão. Não existiu nenhuma razão sinistra e terrível. E ela não foi contigo nas outras viagens à China porque *ele* foi contigo. Porque tinham dois filhos. Não era uma competição. Era apenas assim que as coisas funcionavam.

– Sei disso agora. Sentia apenas tanto ressentimento na altura – admite.

E eu não sei como reagir, porque não entendo como se pode alimentar dentro de nós algo tão horrível, tão tortuoso, durante tanto tempo. Ficamos sentados em silêncio durante um minuto. Os únicos sons são de pássaros a chilrear numa árvore ali perto.

– E depois, quando a mãe adoeceu, eu já estava tão afastada. E sempre que trocávamos *e-mails*, ela dizia-me para me concentrar na faculdade, que Kate estava lá e que estava tudo bem. Eu estava tão desligada dela nesse ponto que foi fácil, e não estou a dizer que fosse uma coisa boa, mas era fácil continuar a fazer simplesmente o que eu estava a fazer. Foi só quando conheci Shen e lhe contei tudo isto que ele me encorajou a conversar com ela. A dizer-lhe que eu estava enganada.

– Shen disse-te para fazeres isso?

Acena com a cabeça.

– Sim. Foi ele que me incitou a visitá-la e a conversar com ela. Para lhe pedir perdão. Para a ver e lhe dizer que eu tinha estado enganada todos aqueles anos.

– Como soubeste que estavas enganada?

– Tempo.

– Tempo?

– Sim. Passado algum tempo, parei de sofrer tanto. E, quando já não me sentia magoada, percebi que errara quando a atacara verbalmente. E que errara quando partira. E disse-lho.

– Como aceitou ela a coisa?

– Como achas que foi?

Imagino a minha mãe a ouvir o pedido de desculpas de Laini. A ouvir a sua filha ausente dizer que fizera asneira. Sem lá ter estado, sem ter ouvido nada, sei o que a minha mãe teria dito. Que estava tudo bem e que não havia nada para se preocupar.

– Tenho a certeza que te abraçou e disse que sentia a tua falta e que te amava – digo baixinho.

– Claro que foi o que ela disse.

Penso no cartão de Laini. Também está na minha carteira.

Sinto uma sensação momentânea de paz ao pensar que Laini conseguiu por fim dizer as coisas importantes à nossa mãe antes de ela morrer: *Estou contente por seres minha mãe*. De certo modo, é uma dádiva conseguir que a última coisa que dizemos a alguém seja a última coisa que queremos que essa pessoa ouça da nossa parte.

Agora tenho duas respostas pelo preço de uma. O cartão de Laini e o bilhete do meu pai. Mas não apenas um cartão *qualquer* e não apenas um bilhete *qualquer*. A minha mãe guardou-os aos dois por causa do que significavam para ela. Aquele cartão e aquele bilhete tinham importância suficiente para viajarem pelo mundo, amuletos da sorte talvez, talismãs mesmo, porque eram as últimas coisas que pessoas que amava lhe tinham dito. Uma promessa: *Volto em breve*. Depois começar outra vez: *Estou contente por seres minha mãe*. Palavras de amor. Palavras de felicidade. Não admira que a minha mãe estivesse feliz. Sabia como se agarrar ao que era importante, como mantê-lo junto a ela, como deixá-lo curá-la.

Há uma pausa na conversa e Laini volta ao seu pombo, dando-lhe mais umas dentadas.

– Sabes porque continuo na China?

– Porque és chinesa?

– Sim. E não. Vim para a China porque quero que o país seja belo e saudável. Porque quero ajudar as pessoas. Estou contente agora por a minha mãe biológica me ter dado para adoção, mas quero que as famílias lá tenham opções. É assim que compenso o que fiz à mãe. O ter-vos abandonado a ambos.

Quero dizer a Laini que não há problema por ela nos ter deixado, por ter abandonado a nossa mãe quando ela precisava mais dela. Mas não a posso exonerar por isso. Não a posso absolver por não ter estado lá. Não sou eu que tenho de oferecer este perdão. É a minha mãe e ela já o fez. Mas *podemos* avançar.

– És feliz? Na China? Com Shen? – pergunto e pouso-lhe uma mão nas costas. Poderá ser o primeiro momento de ternura que partilhamos há anos. A primeira pergunta verdadeira que lhe faço há que séculos.

Ela anui e limpa uma lágrima.

– Sim. Sou. Fui para a China porque queria sentir-me ligada a alguma coisa outra vez. E fiquei na China porque me sinto em casa. É onde vivo agora. É onde estou bem.

Não creio que Laini e eu vamos ser grandes amigos. Duvido que vamos ser o tipo de irmão e irmã que saem juntos e falam todas as semanas ao telefone, em longas conversas amigáveis. Suspeito que sejamos sempre meramente uma rubrica na lista de coisas a fazer do outro. Mas já não quero despedaçar-lhe as guitarras.

Pelo menos, agora compreendo-a. Às vezes, é o suficiente.

CAPÍTULO DEZASSETE

Quando regresso ao meu apartamento, vou direito ao quarto da minha mãe. Acendo a luz e dirijo-me às estantes. Há envelopes na prateleira inferior com fotografias e molduras também. Pego numa fotografia emoldurada da minha mãe e do meu pai. Ela enverga um vestido de verão e ele está de calças caqui e camisa azul, o uniforme padrão do homem de mais de quarenta anos, chamava-lhe ele, dizendo: *Não tenho outra opção senão usar isto e um dia destes, filho, terás de te vestir assim também.* Estão de pé junto à piscina, ao pôr do Sol. Ele tem o braço passado à volta da cintura dela e vê-se que a mão dela está enrolada por cima da dele, os dedos entrelaçados. Ela sorri ou ri-se, talvez de alguma coisa que ele disse.

Ele queria sempre fazer-nos rir. Costumava levar-me até ao molhe de Santa Monica para comer um gelado, às sextas à noite. Passávamos pelas trapezistas, pela roda gigante e pelo jogo de *skee ball*, até à barraquinha dos gelados no final do molhe. Ficávamos ali a lamber os cones, a observar a água, ele a brincar com uma coisa ou outra, a entrar comigo por causa da escola ou a gozar consigo próprio.

– Estou quase a fazer quarenta e cinco anos. Acho que vou ter uma crise de meia-idade – observou certa noite, a comer um gelado de chocolate com malte. – Deverei comprar um carro desportivo? Ou uma nova aparelhagem estéreo?

– Um *Ferrari*. Arranja um *Ferrari*. São fantásticos.

– Claro. Sem problema. Ouvi dizer que o vendedor está em saldos. Apenas duzentos e cinquenta mil dólares.

– Custam assim tanto?

– Não lhe chamam crise da meia-idade por nada, filho – retorquiu ele.

Mas não estava a ter uma crise da meia-idade no sentido tradicional, porque era louco pela minha mãe. Gostava de lhe roubar beijos quando pensava que ninguém estava a ver.

– És a mãe mais *sexy* de todo o sul da Califórnia – dizia-lhe no corredor.

– Oh, cala-te lá – respondia ela.

– Estou a falar a sério. Estou totalmente a falar a sério. Como podia alguém ser mais *sexy* que tu?

Intervim do meu quarto:

– Podes, por favor, parar de te referir à mãe como *sexy*? Estou a passar-me.

– Vamos fazer com que o Danny se passe. Beija-me, Liz. Vamos, beija-me agora, mesmo à frente dele.

Pespegou-lhe um beijo e apertou-a com força e, nesse ponto, fechei os olhos e tapei os ouvidos. Foi a primeira pessoa a quem contei que estava apaixonado por Holland, embora ele já tivesse percebido.

Eu estava no terceiro ano e ela no quarto e usou um vestido aos quadrados pretos e brancos na escola. Era a primeira vez que eu reparava no que uma rapariga vestia. Nos dias seguintes marquei todas as páginas do nosso livro de curso da escola primária que tinham a fotografia de Holland. O meu pai viu-me esticado na cama a passar as páginas. Fechei o pequeno livro de curso com força. Ele deu-me uma palmadinha nas costas e sussurrou:

– Não contes à tua mãe, nem contes a Kate, mas acho que tens bom gosto.

– Pai!

– Que é? Pensas que não fazia a mesma coisa quando tinha a tua idade?

– Fazias?

Sentou-se na cama comigo.

– Claro. As raparigas são fantásticas. Lembra-te só disto: boas maneiras e sentido de humor. São a chave para conquistar o coração delas. Oh, e há outra coisa. Tens de aprender a salvá-las das aranhas. As raparigas detestam aranhas. Como aquela ali no chão – disse e apontou.

Então mostrou-me como *não* matar uma aranha.

Há tantas coisas que tive de aprender sem ele. Aprendi a lidar com o facto de ter sido afastado do basebol sem ele por perto. Descobri como ser o melhor da turma sem a ajuda dele. Aprendi sozinho a barbear-me. Não havia nenhum pai a quem perguntar, por isso aprendi a fazê-lo sozinho.

Também não me ensinou como esquecer e recuperar de uma rapariga que nos parte o coração.

Porque o verão passado, Holland e eu falámos em ir a Tóquio juntos. Ela estava refastelada na minha piscina, a flutuar numa balsa, com um copo de plástico de *Coca-Cola Diet* com uma palhinha no suporte para a bebida, o pé a servir de leme na água, e deslizou na minha direção. Eu estava sentado na borda da piscina, com os óculos de sol postos porque era a hora do almoço e estava muito calor e luminosidade. O tipo de calor que fazia a nossa pele parecer que tinha estado a assar de dentro para fora. As plantas estavam a secar, as flores a murchar e toda Los Angeles enlanguescia numa onda de calor. *Sandy Koufax* deixara-se cair de lado à sombra de uma árvore. Holland empurrou os meus óculos de sol para cima e disse:

– Vamos às Fiji.

– Vamos ao Taiti.

– Bali.

– Que tal as Ilhas Cook? Ficam praticamente fora do mapa.

– As Maldivas.

– As Seychelles.

Então salpicou-me água para cima.

– Agora estás a armar-te.

– As Maldivas? Penso que também te estás a armar.

– Estava só a tentar impressionar-te com os meus conhecimentos geográficos. A geografia foi a minha melhor disciplina. Consigo indicar o nome de todos os cinquenta estados. Põe-me à prova.

Puxei-a da balsa e comprimi-lhe o corpo quente e molhado contra o meu.

– Só me vai fazer desejar-te ainda mais – brinquei, apesar de não ter a certeza se era possível desejá-la mais.

Então ela ficou séria.

– Sabes há quanto tempo gosto de ti, Daniel Kellerman?

Abanei a cabeça.

– Não. Há quanto tempo?

Ela esticou as mãos, o máximo que conseguiu.

– Este tempo todo.

– É muito tempo para acalentar uma paixoneta, Holland St. James.

– Não apenas uma paixoneta, Danny. Tenho estado mesmo apaixonada a sério por ti.

A rapariga que eu amava, amava-me. O meu maior sonho, a minha fantasia mais intensa, Holland e eu, concretizava-se.

– Eu também – sussurrei, colocando-lhe uma mão na nuca e beijando-a com suavidade. – Tenho estado apaixonado por ti há tanto tempo.

Quando nos separámos, ela tinha as mãos no meu peito e declarou:

– Quero ir a todos esses sítios contigo.

– Eu levo-te lá. Levo-te a onde quiseres ir.

– Mas sabes onde quero mais ir?

– Onde?

– Quero ver Tóquio contigo.

– Queres?

Assentiu.

– Sim. Porque tu adoras. Porque é como se fizesse parte de ti. A forma como falas de Tóquio, as coisas que lá fizeste com a tua família... os teus olhos iluminam-se.

Era como se alguém estivesse a ver dentro de mim, a conhecer--me, e eu estava um pouco assustado, mas sobretudo loucamente feliz.

– Mostro-te Shibuya e levo-te ao mercado do peixe, e levo-te às lojas mais fixes onde podes encontrar todo o tipo de anéis e colares giros e todas as coisas de que gostas.

– Leva-me lá, Danny.

– Mas sabes que vamos ser uns *freaks* estranhos, Holland. Eu vou ser o americano de um metro e oitenta e cinco e tu vais ser a rapariga de cabelo loiro e olhos azuis ao meu lado.

– Vamos estar deslocados e não me vai incomodar nem um pouco. Seria *freak* contigo em qualquer altura, em qualquer sítio.

Abanei a cabeça, não porque não acreditasse nela, mas porque estava perfeitamente incrédulo. Ela era o oposto ao que a minha vida tinha sido durante anos. Perder o meu pai, depois a minha irmã partir deixando no seu rasto tanta coisa desagradável, depois a doença da minha mãe. Ela, isto, nós, era uma dádiva do universo, a coisa que tornava possível sobreviver a tudo. Ela era o outro lado do sofrimento.

– Sabes a que outro sítio devíamos ir?

– Onde? – perguntei.

– Acampar – respondeu e certificou-se que me fitava a direito, que me olhava nos olhos antes de dizer a parte seguinte. – Porque seria a minha primeira vez.

– A primeira vez que acampavas? – perguntei, tentando parecer à vontade.

– Já acampei – retorquiu e deixou a voz arrastar-se, junto com os meus pensamentos. – Então talvez devêssemos ir dentro de algumas semanas.

Fomos para um parque a cinquenta quilómetros a norte de Santa Monica, a pouca distância da Pacific Coast Highway. Passeámos pela praia, vimos o pôr do Sol e beijámo-nos mais vezes do que poderei alguma vez contar. Quando o céu escureceu, ela lançou-me esse olhar subentendido e tocou na fímbria da minha *T-shirt*. Tinha essas mãos irrequietas, mãos *exploradoras*, e estava sempre a tocar-me nos braços, no fundo das costas, na cintura. Entrelacei as minhas mãos no seu cabelo, afastando-lhe as ondas loiras do rosto. Ela inclinou a cabeça apenas um pouco, a minha deixa para lhe beijar o pescoço. Depois a concavidade da garganta, depois atrás da orelha de uma forma que a fez ofegar. Pronunciou o meu nome com uma voz baixa e rouca que me fez sentir como se nunca ninguém a tivesse beijado daquela maneira, como se ninguém nunca beijaria ou conseguiria beijar.

Caiu um silêncio sobre a praia. Voltámos para a tenda. Tínhamo-la montado no sítio mais retirado que conseguimos encontrar e fechámo-nos lá dentro.

Mal nos achámos lá dentro, puxou-me para ela, para cima de todos os sacos-cama, ainda completamente vestidos, e ofereceu-me um pequeno sorriso pateta.

– Cá estamos.

– Cá estamos – repeti.

Mexeu o corpo contra o meu, respondendo a todas as perguntas que eu nunca tivera de fazer, suspirando na minha boca, movendo-se sob as minhas mãos. Separámo-nos por um segundo e Holland agarrou a orla da sua *T-shirt* e puxou-a por cima da cabeça. Caiu algures. A minha *T-shirt* saiu a seguir, depois Holland passou os dedos pelas linhas do meu estômago, como tinha feito antes, como sabia que eu gostava. Fechei os olhos e respirei com força. Depois abri-os e vi-a a desapertar o sutiã. Ela estendeu as mãos para os meus calções e atrapalhámo-nos a desabotoá-los. Eu abri o fecho dos calções dela, puxei-os e podia tê-la contemplado toda a noite, no sítio onde as suas calcinhas biquíni roçavam o osso da anca, se não quisesse tanto que ela as despisse.

Estendi uma mão sob o elástico da cintura e parei durante uma fração de segundo. Ela era a única rapariga que eu amara e queria que ela gostasse de tudo o que fazíamos.

Queria que ela *amasse* tudo o que fazíamos.

Despimos a camada final e, embora já tivéssemos estado nus juntos antes, agora havia *isto*.

Holland sussurrou-me ao ouvido:

– Estou contente por ter esperado por ti, Danny.

Eu não conseguia falar. Não conseguia responder. A faculdade da linguagem tinha-me sido retirada e era uma linha elétrica gigante a sussurrar, a zumbir.

Estendi o braço para um preservativo. Perguntei se doía. Ela abanou a cabeça, comprimiu as mãos nas minhas costas e eu tinha a certeza que nunca nada seria melhor do que isto, porque isto era melhor do que tudo. Era o mundo verdadeiro vezes mil. Era relâmpagos e trovões e estrelas.

No dia seguinte, depois de outra vez, ela disse:

– Um dia faremos isto nas Maldivas. Ou nas Seychelles. Ou em Tóquio.

– No próximo verão – respondi. – No próximo verão em Tóquio.

– Sim.

* * *

Mas não estamos a acampar agora, não estamos num comboio agora e não estamos aqui agora. Não estamos juntos. Ela está no passado e tenho de a deixar lá.

Creio que sei finalmente como o fazer. Creio que sei a forma de o fazer, graças à minha irmã e graças à minha mãe.

Quando ela me liga como disse que faria, a minha mão paira por cima do botão para atender enquanto olho para o rosto no ecrã: Holland a vencer-me naquele jogo, a imagem que aparece quando ela telefona. Relembro as palavras que lhe disse na minha casa quando lhe chamei uma doença, quando lhe chamei um cancro. Não quero que isso seja a última coisa que lhe disse. Não quero carregar uma massa de cólera, uma bola de ressentimento que alimente durante anos até me deixar cheio de marcas.

Mas não atendo a chamada, porque não me sinto ainda com forças suficientes para resistir ao som da voz dela.

Em vez disso, abro um *e-mail* para ela e tiro a farpa da minha mão. Não sangra. Mal dói sequer quando digo adeus.

Olá, Holland. Foi ótimo conversar contigo há pouco no comboio. Escuta, sinto-me mal pela forma como deixei as coisas. Fui um estúpido para ti na minha casa naquele dia. Peço imensa desculpa pelo que te disse. Se chegares a ver aquele filme do Statham, diz-me depois o que achaste. Mas não me contes o fim.

Sinto-me tentado a acrescentar um *smiley*, mas não uso ícones emocionais, por isso deixo as palavras trabalharem por mim. Ela perceberá o que quero dizer. Saberá que lamento e que estamos bem daqui para a frente.

Depois carrego no Enviar.

Olho em volta do apartamento mais uma vez, para todas as recordações que este lugar encerra. Vim a Tóquio em parte por uma razão prática, para decidir se devia manter esta casa ou vendê-la. Mas não tenho feito nada para avaliar essa escolha, para pesar as implicações financeiras ou logísticas de possuir um apartamento do outro lado do mundo. E, francamente, também não tenho pensado muito na casa de Los Angeles, mas talvez seja essa que deva vender, com os seus quartos e jardins vazios de que não sei cuidar. Podia arranjar outro sítio perto da universidade, um sítio só para mim e para *Sandy Koufax*.

Mas trato disso mais tarde. Por agora, saio de casa e embrenho-me na noite de Shibuya, desço uma rua apinhada, passo por rapazes e raparigas sorridentes palrando numa língua que quero entender. Reajo com surpresa quando avisto uma banca de gelado orientada só por um robô. Como uma máquina dispensadora, mas um pouco mais complicada. Pressiono os botões no ecrã tátil ao lado do robô azul e branco em tamanho natural e logo que o meu pedido é introduzido, o robô move-se de forma pesadona para uma máquina de gelado cremoso e puxa alavancas para encher um cone com uma mistura de chocolate e baunilha. Enquanto observo e espero, escrevo uma mensagem a Kana.

Estou pronto. Para conhecer mais desta cidade, estar mais com a amiga da minha mãe, ver mais lugares e pessoas que a minha mãe conheceu antes de Takahashi voltar dentro de poucas semanas.

Aqui têm robôs de gelados! Podemos começar já essas aulas de japonês?

Ela responde passados segundos. **Sim!!!! Os robôs dos gelados são os maiores.**

O robô entrega-me o cone e embrenho-me na multidão, acompanhando, alguns passos atrás, um grupo barulhento e alegre de amigos na sua saída noturna, como se fizesse parte da malta, como se estivéssemos todos a divertir-nos em Tóquio esta noite.

CAPÍTULO DEZOITO

Antes de me encontrar com Kana no dia seguinte, volto a informar-me sobre o Dr. Takahashi. Já o pesquisei antes no Google. Mas quero analisá-lo de novo: o seu trabalho, a investigação que fez, os prémios que recebeu. Abro o meu portátil e instalo-me no sofá, a clicar e a procurar, até estar outra vez tudo fresco na minha cabeça. Estudou na Universidade de Quioto, fez um internato no hospital Mount Sinai e depois estudou medicina tradicional chinesa, sobretudo tratamentos com ervas para o cancro. Regressou ao Japão e exerce aqui há vinte e cinco anos. É conhecido por facultar aos seus doentes uma mistura rigorosa de medicina ocidental e oriental, o que significa que os doentes vêm ter com ele à procura de ciência e espiritualidade. Chama-lhe tratamento conjunto do cancro. É cientista e budista e a sua investigação reflete-o.

Passo as páginas de um artigo de revista sobre um estudo que envolvia ensaios clínicos de novos fármacos anticancerígenos e terapias de ponta, depois outro em que escreveu sobre o papel da nutrição, do exercício físico e também da saúde emocional na recuperação da doença.

Detenho-me naquelas palavras: *saúde emocional.* A minha mãe deve ter sido a sua melhor doente, a melhor aluna naquela aula.

Durante um segundo, desvio o olhar do ecrã; de certa forma é irónico. Passei os últimos quatro anos a trabalhar para ser o melhor da minha aula na escola e consegui-o. Estava sempre a esforçar-me, a tentar, a chegar lá, a ter êxito.

Mas não sei o raio de coisa nenhuma sobre saúde emocional.

Fecho o computador, agarro na carteira e nas chaves e verifico o telemóvel para ver se o médico já respondeu à minha chamada, se o médico me pode dizer mais sobre este assunto nebuloso e cinzento em que sem dúvida não me distingo.

Não tenho sorte.

Sinto que estou a ficar enervado, agitado. Sei o que a minha mãe me diria, o que sempre me disse quando eu ficava impaciente. Quando estava à espera de descobrir se entrara para a equipa de basebol, se conseguira a nota máxima a história, se a universidade me ia aceitar. *Hoje, agora, quero saber agora, neste preciso segundo, se entrei*, dizia-lhe.

Tens de ter paciência. Faz o teu trabalho e tudo se resolverá, dizia ela.

Faço o possível por a imitar. *Em breve*, digo comigo mesmo, abrindo as portas do átrio lá em baixo e juntando-me ao bulício e azáfama do meu bairro a meio do dia.

Telefonará em breve.

* * *

No final da semana seguinte, aprendi que Kana diz *ikemen* várias vezes por hora quando passeamos pela cidade, em geral quando olha para algum tipo que acha que é giro. É divertido ver uma miúda tão óbvia em relação àquilo, que não o esconde e não finge. Reparei que gosta de tipos magricelas com cabelo meio *punk*, do género cortado em ângulos denteados. Quando nos encontramos na vizinhança de Harajuku, passando por grupos de raparigas vestidas de pastorinha e rapazes de cabelo roxo, parece-me que diz *ikemen* a cada cinco segundos. Por vezes, até bate no ombro de algum rapaz, diz-lhe a palavra a ele, sacode os dedos e afasta-se. Até já tirou também algumas fotografias com a sua *máquina fotográfica verdadeira*, como diz, aos seus rapazes favoritos.

– Era isto que tu e a minha mãe faziam? Andavam à caça de rapazes juntas? – pergunto uma tarde. Depois abano a cabeça e ergo uma mão. – Espera. Não quero saber.

Ela ri-se e responde:

– Alguns segredos são só entre raparigas.

Kana já me ensinou a dizer: *És uma brasa de miúda e quero oferecer-te um crepe doce*. Eu não digo isto às miúdas na rua, mas, por vezes, Kana obriga-me a dizer-lho a ela quando fica com fome, o que em geral sucede quando estamos a três ou quatro passos de uma banca de crepes. Estão por todo o lado em Harajuku, espremidas entre lojas de cabedal, butiques de *T-shirts* com música *tecno* aos berros e lojas que vendem borrachas minúsculas com a forma de pinguins, pandas ou armadilhos. As únicas palavras que consigo dizer bem com alguma regularidade são *doce* e *brasa*, por isso criámos um novo termo de calão: *ikemen brasa doce*.

O Japão tem férias de verão diferentes, logo Kana ainda tem aulas, mas tentamos encontrar-nos à tarde para comer crepes e lições de japonês, encaixando-as entre as visitas que ela tem de fazer aos apartamentos de que ela e a mãe cuidam. Durante as nossas aulas de japonês, viajamos pela cidade a pé e de metro, passando por praticantes de *skateboard* de calças axadrezadas no parque Yoyogi, acelerando pelos executivos na zona de Shinjuku e evitando as prostitutas de rua em Roppongi, que não me falam em japonês, mas que se exprimem num perfeito inglês mercantil quando me dizem:

– Cinquenta dólares para te masturbar.

– Hei! E então eu? – pergunta Kana a uma das prostitutas.

A prostituta usa calças justas de tecido de camuflado até ao joelho e uma *T-shirt* de alças com uma bandeira americana estampada. É uma homenagem estranha às tropas, ou a ser americano, ou qualquer coisa do género.

A prostituta mostra-se imperturbável com o pedido de Kana. Acena uma mão no ar.

– Cinquenta dólares para ti também.

Kana olha para mim e esfrega o polegar em dois dedos, como se estivesse a pedir dinheiro. Abro a minha carteira.

– Lamento, só tenho uma de vinte.

A prostituta lança-nos um olhar de desprezo e afasta-se. Kana parte-se a rir e deixa-se cair contra mim, o cabelo preto a derramar-se no meu peito.

– Ela pensou mesmo que eu ia pagar uma para mim!

– Kana, estamos num mundo de oportunidades iguais. Quanto mais depressa te habituares a isso, melhor te safas.

– Porém, isso não quer dizer que vá oferecer o almoço – diz e agarra-me na mão para corrermos por uma viela.

Não sei como consegue correr com as botas altíssimas de vinil azul que usa, mas o facto é que consegue e aterramos num restaurante de massas asiáticas. Ela pede por ambos.

– Estás a ver? Oportunidades iguais. Eu deixo-te pagar e decido o que tu comes.

– A seguir põe-me uma trela. Passeia-me por aí. Vai funcionar muito bem.

– Como vai a tua cadela? Tens saudades de *Sandy Koufax*?

– Completamente.

Puxo pelo telemóvel e mostro-lhe a última *não fotografia*, como lhes chamo, que Jeremy me enviou. É *Sandy Koufax* ao lado de uma ruiva gira com um biquíni às bolinhas. Kana pega no telemóvel e emite sons como se arrulhasse para a minha cadela.

– É a cadela mais adorável de sempre! – Levanta os olhos do telemóvel e fita-me. – Porque nunca me mostras a foto do teu amigo Jeremy?

Lanço-lhe uma olhadela. A pergunta dela não faz sentido.

– Porque te mostraria a foto dele? E porque teria sequer a fotografia dele?

– Gosto de rapazes. Gosto de examinar rapazes. Por isso talvez gostasse de ver qual o aspeto desse guardador de cães – contrapõe.

– Kana, *não* é o tipo de fotografia que eu vá alguma vez ter no meu telemóvel. Nós não fazemos esse tipo de coisa. Não vamos às cabinas fotográficas e encostamos as cabeças um ao outro a sorrir nem depois pomos decalques nas nossas fotografias.

Deita-me a língua de fora.

– Não és nada divertido. Talvez gostasse de sair com ele algum dia.

– Pois, não sei se sabes, mas ele encontra-se do outro lado do mundo. Los Angeles fica muito longe.

– Eu sei. É por isso que quero lá ir!

– Los Angeles?

– A qualquer sítio. Los Angeles. Londres. Montreal. Nova Iorque. Paris. Não interessa. Quero sair daqui.

– Não gostas disto aqui?

– Oh, tudo bem. Mas não vou ficar. A minha mãe ainda não sabe, mas *não* vou concorrer a nenhuma universidade aqui.

A empregada traz-nos as tigelas de massa e Kana e eu dizemos *arigato* em uníssono.

– Porquê?

Agita as mãos no ar como se o espaço em volta a comprimisse, como se fosse claustrofóbica.

– O Japão é maravilhoso, mas é muito tradicional. E algumas pessoas aqui conseguem ser muito críticas. Não gosto disso. Não gosto nada disso.

– São críticas como?

– Bem, não sei se reparaste, mas não tenho pai – retorque, separando os seus pauzinhos. Preparo-me para uma conversa pesada e quase tenho receio de inquirir o que aconteceu, mas ela responde antes de eu poder perguntar. – Não é nada de mau. Quero dizer, nunca o conheci. A minha mãe é mãe solteira.

– Queres dizer... – deixo a voz diminuir de intensidade ao mesmo tempo que vasculho na massa.

Ela acena com a cabeça e brada numa voz falsamente alegre:

– É. O meu pai engravidou a minha mãe e depois deixou-a. Adeusinho!

– Então nunca o conheceste?

– Nunca. Eram adolescentes. A minha mãe só tem trinta e quatro anos. Teve-me quando tinha dezassete anos. Mas as pessoas aqui, os miúdos na escola, olham-me com certo desprezo por causa disso.

– Estás a falar a sério? Porque eu acho que a maioria das pessoas tem coisas esquisitas relacionadas com a família.

– É o que eu digo! Mas o Japão consegue ser muito tradicional. Não gostam que casemos com estranhos. Não gostam que nos vamos embora. Não gostam que não sejamos como eles. E literalmente toda a gente que conheço na escola tem uma mãe e um pai. E eu sou a *freak* que só tem uma mãe. E uma mãe *jovem* ainda por cima. Acreditas nisto? Loucos! São loucos.

Diz esta última parte como se estivesse a troçar dos outros miúdos, mas lá no fundo percebo que é o escudo dela; é a forma como encontra coerência na sua vida.

– Então vais concorrer a que universidades?

– NYU. Berkeley. Northwestern. Universidade de Londres. McGill. Sorbonne, Paris.

– Isso cobre quase tudo.

– Vou para qualquer sítio. Qualquer sítio, menos aqui. – Há tristeza na sua voz. Melancolia. – É por isso que gosto de andar contigo – diz, alegrando-se outra vez rapidamente.

– Mas eu adoro isto aqui.

– Eu sei, eu sei. Faz com que eu goste mais de Tóquio, o facto de a ver através dos teus olhos. Além disso, tu também és um *freak*.

Rio-me e depois recordo-me de Holland e eu falarmos de sermos *freaks como nós* aqui em Tóquio. Holland respondeu ao meu *e-mail* da outra semana. Depois enviou-me também outro. Mas tenho estado a apagar as mensagens sem as ler. Não confio em mim o suficiente para não ceder se vir as palavras dela, por isso mando as mensagens para o lixo antes sequer de olhar para elas, antes de as palavras me seduzirem e levarem a responder-lhe. Os comprimidos que tomo todas as manhãs no apartamento, o *meu* apartamento, olhando pela janela para as ruas movimentadas em baixo ajudam. São como vitaminas; cada dose diária dá-me forças para continuar. São um revestimento protetor para me ajudar a manter o rumo. Ou talvez Kana seja a armadura. Talvez seja o meu colete à prova de bala.

Aponto-lhe um pauzinho.

– Por falar em *freaks*, parece que me recordo de teres prometido contar-me porque assobiaste àquela mulher no dia em que te conheci.

– Ah, boa pergunta, meu aluno.

Abano a cabeça, mas sorrio.

– Sempre que alguém olha para mim de forma esquisita, devolvo-lhes a coisa – responde.

– Assobiando?

Assobia outra vez, de forma sibilante e arrastada.

– Diz lá. Diz que tenho o melhor silvo em todo o mundo.

– Ninguém assobia melhor do que tu, Kana. Ninguém, ninguém, ninguém.

– Foi também por isso que comecei a vestir-me assim – acrescenta. – Para o admitir. Para admitir o facto de já me destacar na escola.

– Verdade?

Está a sorrir e a acenar com a cabeça.

– Já toda a gente pensava que eu era algum tipo de *freak*. Por isso porque não entrar em loucura total? Não tenho de impressionar ninguém sendo uma aluna toda refinada e respeitável. Por isso visto-me para mim própria. Visto as coisas que toda a gente quer usar, mas tem receio por causa do que as pessoas poderão pensar. Além disso, é bastante difícil ser infeliz quando usamos uma mala panda e um par de botas que uma *drag queen* adoraria.

Noutro dia usou um saiote branco, *collants* laranja e um *top* sem mangas com a imagem de um chupa-chupa no peito. De outra vez, um conjunto de chefe de claque em vermelho, branco e azul com botas de combate pretas. Faz agora sentido o facto de se vestir de forma tão louca; não para dar espetáculo, mas por razões de saúde mental. A moda fá-la feliz.

E sem dúvida que estou contente de momento com a sua amizade. Gosto das provocações dela, do seu assobiar, da sua velha alma sensata. Gosto da forma como me sinto, como se a conhecesse toda a minha vida e da forma como me sinto estável com ela. Sobretudo, gosto de me *sentir* vivo, de me sentir bem, sinto aquela coisa que dizem que a minha mãe sentiu, *feliz*, por mais do que apenas alguns segundos de cada vez. Mas será o suficiente? Não posso levar Kana de volta comigo para a Califórnia; não posso segurá-la à minha frente como um escudo para o resto da minha vida. Tenho de descobrir uma forma de ser feliz mesmo quando ela não está presente. Tenho de continuar a procurar as respostas e sei que não as encontrarei apenas em lições de japonês e crepes, por mais que goste de ambos.

– Kana, mostras-me o templo a que a minha mãe ia quando aqui estava? Preciso de ver mais. Preciso de me ligar a ela – digo e não poderia sentir-me mais exposto do que neste preciso momento quando profiro estas palavras em voz alta pela primeira vez, quando, de forma flagrante, manifesta, peço ajuda. Peço mais, mesmo quando ela já me deu tanto.

Mas é Kana. Não se aproveita. Não soma pontos.

– Será uma grande honra.

Saímos do restaurante e descemos os degraus da estação de metro mais próxima para apanhar o comboio seguinte. As portas fecham-se e lá vamos nós a toda a velocidade através dos túneis por baixo de Tóquio. A mão de Kana encontra-se debaixo da minha, pois partilhamos a mesma correia para nos segurarmos. Ela repara, encolhe os ombros com ar de brincadeira e depois movimenta a mão deliberadamente para ficar por cima da minha. Não é uma jogada romântica; não temos esse tipo de atração química. Mas, quando enlaça os dedos nos meus, abro espaço para eles e aperto-lhe a mão.

Largamos as mãos um do outro quando chegamos ao nosso destino, um bairro de classe operária. Passamos por várias vielas comerciais com tendas destinadas aos habitantes locais. Vendem artigos como panelas, cremes e toalhas.

O templo fica no final de uma rua pedonal, é evidente que é um templo, com lanternas e um estilo tipo pagode, mas é mais pequeno que os outros templos que vi e precisa de uma pintura nova. Entro com Kana. Há incenso a arder e as velas tremeluzem. Os meus olhos adaptam-se à pouca luminosidade. Inspiro fundo, à espera de ouvir uma voz, sentir uma presença, qualquer coisa.

Mas é Kana que sussurra:

– Consideras-te religioso?

Abano a cabeça.

– Judeu agnóstico.

Embora judeu cultural fosse mais correto. Gosto de *bagels* com salmão fumado, suspiro por *matza brei* quando estou doente, como *kugel* de massa no Rosh Hashanah e penso que os rabinos são o mais parecido que existe com sábios ou magos. Andei um ano na escola hebraica, mas nem sequer fiz o *bar mitzva*. Os meus pais eram judeus, mas perderam ambos o interesse pela religião e devo dizer que estou satisfeito por nenhum deles insistir em enviar-me para a escola hebraica depois daquele ano. Eu preferia praticar desporto ou ler livros, por isso foi o que eles me encorajaram a fazer. Para dizer a verdade, nunca senti que estava a perder alguma coisa.

Mas talvez *estivesse* a perder alguma coisa. Talvez se fosse mais religioso, pudesse lidar com o facto de os meus pais terem partido. Podia acreditar que estavam num sítio melhor, talvez até juntos de novo. Creio que ambos gostariam disso. A minha mãe sentia imenso a falta do meu pai e, se existir um céu, ou uma vida depois da morte, ou *qualquer outra coisa*, tenho a certeza que ele teria estado a ansiar por ela o tempo todo até que ela chegou há poucos meses.

Depois percebo: é a primeira vez que penso neles juntos. A primeira vez que os imagino como alguma coisa que não cinzas. Talvez eu só precisasse de ir a um templo.

Ou talvez esteja a perder o juízo.

– Acho que a tua mãe era budista. Ou tornou-se budista – diz Kana.

Aceno com a cabeça. Isso sei sobre ela. Não que se tivesse tornado budista, porque não se converteu ou qualquer coisa do género, porque na realidade não nos convertemos ao budismo. Mas nos últimos anos sentiu com certeza mais afinidade com as religiões orientais e com as convicções fundamentais do budismo – reencarnação, nirvana, sabedoria, carma e iluminismo – do que sentia pelo judaísmo. Embora, na verdade, as religiões não sejam assim tão diferentes na sua essência.

Falou por vezes sobre budismo durante as nossas saídas para jantar fora em Los Angeles, no bufete indiano perto de nossa casa, ou no mexicano que tinha vinte tipos diferentes de molho, incluindo ananás e manga, que eram os seus favoritos, ou até no

Captain Wong, nada de glutamato, arroz integral, apenas vegetais para ela.

– Enviei hoje a minha candidatura – disse, a comer os seus brócolos.

Ergui as sobrancelhas numa pergunta.

– Para budismo. Espero ter preenchido o impresso de forma correta. Quero ver se me aceitam.

– Ah, ouvi dizer que podem ser muito rigorosos.

– Em geral, respondem dentro de alguns meses, mas como indiquei que era a minha escolha prioritária, creio que responderão mais cedo.

– Bem, isso é definitivo, sabes. Estás preparada para esse tipo de compromisso? – gozei, ao mesmo tempo que espetava um pedaço de bife com pimenta.

– A *U.S. News and World Report* classificou-o no topo das religiões do mundo, por isso creio que me darei bem com a decisão – retorquiu e deu uma dentada nos seus brócolos. O tom alterou-se então; tornou-se não tanto séria, mas sincera, como se falasse do fundo do coração. – Mas penso que me dará paz, Danny. Em relação a tudo.

– Claro. Paz é bom. Quem não gosta de paz? – respondi, fazendo de tudo para *não* mudar o tom da minha voz, fazendo de tudo para manter a conversa trivial. – E gosto deste bife com pimenta. Devíamos vir ao Captain Wong para o jantar da minha formatura. Não achas?

Ofereceu-me um pequeno sorriso, depois acenou com a cabeça e continuou a comer.

Eu não tinha a certeza do que pensava sobre o budismo na altura, nem agora, para ser franco. Além disso, presumira sempre que como judeus, culturais ou outra coisa qualquer, estávamos em sintonia com toda aquela coisa de nenhuma vida tradicional depois da morte, mas talvez a minha mãe começasse a acreditar em algo mais.

– Em que achas que ela reencarnaria? – pergunta Kana na sua voz suave, a sua voz da casa de chá Tatsuma.

Sinto-me tentado a largar uma piada, mas quando relembro as conversas com a minha mãe ao jantar, sei que não é altura de ser frívolo. Além disso, quando Kana me fita com aqueles olhos sérios, percebo que está a demonstrar respeito, que é assim que honra os mortos. Por isso dou algum espaço à pergunta e concedo-me tempo para construir uma verdadeira resposta. Não apenas palavras que arranque ao calhas só porque se ajustam à pergunta. Mas uma resposta lá do âmago. Porque *sei* a resposta, lá bem no fundo.

– Um arbusto de lilases. Reencarnaria como um arbusto de lilases. E adoraria. Adorava lilases como se fosse uma religião. Dizia que nada cheirava tão bem como um arbusto de lilases. Sempre que via um, parava e cheirava-o. Não apenas cheirar, mas inalar, ingerir.

Fazia-o na casa do nosso vizinho em Santa Monica. Quando íamos passear, lançava uma olhadela para trás, inspecionava o pátio dele e depois agarrava-me na mão e corríamos para o seu notável arbusto de lilases. Inclinava-se, aspirava e depois fazia flutuar o perfume na sua direção com a mão. Foi por isso que roubei as flores no dia da mãe naquele ano.

– Ah, celestial – dizia. Cheirava-o mais uma vez para jogar pelo seguro. – Um dia destes vou ter um jardim cheio de lilases. Um dia destes vou passar os dias a fazer palavras cruzadas e a cheirar lilases. E os meus filhos trar-me-ão chocolate preto numa bandeja com os seus fatinhos de empregados de mesa.

Depois dava-me um soco ao de leve no braço e dizia:

– Vamos, temos de sair daqui antes que o homem louco apareça.

Os olhos de Kana brilham ao escutar a história, pequenos reflexos de luz a dançarem-lhe nas pupilas.

Pousa a mão no meu braço.

– Danny, senhor Danny, as-histórias-não-são-na-realidade-o--meu-forte. Acabaste de me contar uma história. E creio que nunca te mostraste tão animado desde que te conheci.

– Porque achas que ela era tão feliz aqui, Kana? Passaste tempo com ela quando eu não podia aqui estar. Como era ela? Disseste na tua mensagem que ela estava sempre alegre.

– Penso que é preciso ser uma pessoa muito especial para descobrir alegria na vida de todos os dias. A tua mãe era assim. Era uma dessas pessoas.

A *vida de todos os dias*. Recordo a última semana com Kana. Crepes e conversas. Borrachas em forma de panda e fotos da minha cadela. E conversa. Tanta conversa. Sobre tudo e nada. Talvez isso *seja* suficiente para ser feliz. Talvez seja suficiente para mim.

Mas como se encontra alegria na *vida de todos os dias* quando se está a morrer? Eu tenho dificuldade em encontrá-la e sou eu que ainda estou vivo.

– Vamos lá fora ver se existe algum arbusto de lilases – diz Kana.

– Acho que os lilases não crescem em junho.

– Não, mas é essa a questão. Talvez haja um arbusto de lilases mesmo que não deva existir. Percebes o que quero dizer?

Não me rio, nem mostro desdém, nem zombo. Porque sei muito bem o que ela quer dizer. E, apesar de não descobrirmos nenhum arbusto de lilases no recinto do templo, tenho de admitir que cheiro qualquer coisa parecida com lilases no ar. Talvez a minha mãe tenha reencarnado aqui. Talvez esta seja a sua primeira reencarnação, a reencarnação como o aroma das suas flores favoritas.

Ela gostaria disso. *Eu* gostaria disso. E algures, lá bem no fundo, acredito também nisso.

Acredito.

CAPÍTULO DEZANOVE

Junho funde-se em julho e um calor peganhento abate-se sobre a cidade. Está um calor indescritível aqui, o tipo de calor sufocante das cidades. As ruas irradiam fogo e o sol volta a lançá-lo cá para baixo outra vez, como se estivesse a lançar raios de calor, bombardeando-nos com infindáveis mantos de ar escaldante. As cidades são o pior sítio para se estar com tempo quente.

Sinto saudades da minha piscina. Sinto saudades das zonas sombreadas do meu jardim. Sinto saudades de me sentar debaixo de uma árvore e esticar-me à sombra a ler um livro e a sentir a brisa do oceano ali perto a passar. Sinto saudades do oceano. Sinto saudades de atirar bolas de ténis à minha cadela para ela as ir buscar às ondas.

Sinto saudades da minha cadela.

Junho foi uma sedutora, uma gueixa tentadora com um aceno chamativo, uma dança e um balançar de ancas. Mas julho, com este calor, é a sua madrasta cruel. Numa manhã de sábado particularmente quente, fico em casa onde está fresco. Falo com Kate no Skype. Ela revê comigo várias questões importantes da herança. Coisas relacionadas com contas e dinheiro e períodos de tempo em que posso aceder a certos fundos.

Depois tira os óculos e é estranho, este gesto dela que é demasiado familiar visto através do ecrã de um computador.

– O que decidiste em relação ao apartamento?

A pergunta abala-me durante um momento. Foi por causa disso que pensei vir a Tóquio. Para ver outra vez este apartamento, para decidir se devia ficar com ele. Mas mal tive de refletir sobre a decisão, porque não o venderia de forma alguma.

– Ficar com ele – replico.

E Kate fala-me da papelada e dos pormenores que precisaremos de tratar. Aceno e digo que sim a tudo, sabendo que farei o que for preciso para manter esta casa como minha.

– E, a dada altura, talvez não hoje nem amanhã, mas a dada altura, deverias pensar no que fazer com a casa aqui.

É tão estranho pensar que a decisão é minha. Que, com dezoito anos, quando nem sequer pus ainda os pés numa aula da faculdade, muito menos num escritório para um emprego, me estão a pedir para fazer essa escolha.

– Ainda não sei – respondo, mas sei qual é a minha tendência em relação a isso.

– E as coisas da tua mãe, Danny?

Fecho os olhos durante um segundo. Sinto uma pressão no peito.

– As roupas dela. As perucas. Os livros – continua Kate.

– Doa-os – respondo muito depressa, para não pensar naquilo. Depois tenho uma ideia melhor. – Tudo, exceto as perucas. Podes mandar as perucas para aqui?

Ela ri-se.

– Para ti? Queres contar-me alguma coisa?

– Pois. Comecei um espetáculo de travesti em Roppongi. Não, são para Kana. Vai adorá-las.

– Vou mandá-las com o meu tapete. Tenho um tapete antigo que vai viajar para Tóquio na semana que vem de avião particular.

Esta minha cliente tem propriedades em Los Angeles e Tóquio e um jato particular!

– É a única forma de viajar. Ou é o que dizem.

Estou prestes a dizer-lhe adeus quando me lembro que tenho uma coisa para Kate. Mostro-lhe uma cavala de plástico para a sua coleção de *sushi*.

– E eu mando-te isto. Mas não por avião particular. Só por correio normal.

Depois de desligar o computador, o meu telemóvel toca.

É um número local, mas não é Kana e só existe uma outra pessoa de cujo telefonema tenho estado à espera em Tóquio.

Quase salto para o botão do telemóvel para atender a chamada do consultório do médico.

Nem sequer é a rececionista. É o próprio Dr. Takahashi. Tenho o pulso acelerado e todo eu sou nervos à flor da pele quando ele pronuncia palavras como *confidencialidade entre médico e doente* e *não costumo fazer isto*.

Depois seguem-se outras palavras e são porreiramente belas:

– Mas entendo que isto é importante e, para si, posso abrir uma exceção.

– Obrigado, doutor. Muito obrigado – digo e estou contentíssimo por ele ter piedade de mim. Engraçado, como a piedade foi coisa que nunca quis de Holland, mas é a coisa que aceito alegremente da última grande esperança.

* * *

Corro a encontrar-me com Kana no nosso local de encontro perto do parque Yoyogi para lhe contar as boas notícias. Takahashi voltou do Tibete e vai receber-me no final da semana. A última peça, a última coisa que me trouxe a Tóquio. Vai poder por fim dizer-me o que está atrás da porta número três.

– É como uma proclamação, Kana, como se me tivessem concedido uma audiência com o rei – explico e sinto que posso expirar, como se tivesse estado a conter a respiração para este encontro.

Ela sorri radiante, ergue o braço direito e depois fala em voz forte:

– O rei Takahashi vai receber-te agora, Danny Kellerman. – Depois surpreende-me imitando-me, adotando um sotaque exagerado de rapaz da Califórnia e abanando a mão no gesto havaiano do polegar e dedo mindinho esticados. – Meu, assim está escrito, assim será.

Tudo o que posso fazer é revirar os olhos, porque me disciplinou, me bateu no meu próprio jogo de Sarcasmo Ocasional.

Quando regresso ao meu prédio, uma lufada de ar frio acolhe-me no átrio. Direi o seguinte: Tóquio trabalha bem o ar condicionado. É o ártico dentro do meu prédio e é épico. Considero-me um perito em ar condicionado. Estudei as diferenças subtis entre graus, ponderei nos 20 graus como temperatura perfeita para arrefecimento quando comparada com 19,5 graus. Pensei se 19 é suficientemente frigorífico para mim. E declarei que 18,5 é o meu nirvana, por isso rodo o termóstato para essa temperatura perfeita quando chego lá acima. O zumbido familiar da máquina começa, um sussurro reconfortante que prenuncia o efeito iglu. Mas a temperatura não desce. O ar não está mais fresco.

Merda. O meu apartamento ficará uma sauna dentro de minutos se não consertar isto. A unidade de ar condicionado está dentro de um armário de arrumos no quarto principal. Abro a porta para o quarto da minha mãe, depois do armário e examino a unidade de ar condicionado, puxando com facilidade a tampa. Percebo logo que o filtro está uma confusão, todo sujo e entupido e que é por isso que o ar não arrefece. É uma reparação fácil, portanto, vou à cozinha, agarro no caixote do lixo e volto ao quarto. Descubro os filtros sobressalentes mesmo ao lado da máquina, envio um agradecimento silencioso a Kana e Mai, porque ninguém tem filtros quando se precisa deles, a não ser que seja nosso trabalho tê-los em *stock*, introduzo o filtro novo e atiro fora o velho para o lixo. Coloco de novo a tampa e fecho a porta do armário. O meu pai era habilidoso; ensinou-me a ser habilidoso também. Lanço uma olhadela às suas fotografias emolduradas, recordando que me transmitiu esta habilidade, que ainda consigo encontrar pedaços da sua vida em mim.

O meu olhar é atraído para a pilha de fotografias que vi na outra noite na prateleira inferior, ao lado da fotografia emoldurada da minha mãe e do meu pai que estive a observar. Estendo a mão para elas só para ver o que lá está, para ver que fotografias nunca chegaram a ser emolduradas. Passo-as com rapidez. A maioria são cópias das que já estão em molduras ou são as que saíram mal, as dos olhos vermelhos, ou as tremidas, ou as desfocadas. Estou prestes a atirá-las de volta à prateleira quando uma imagem me prende a atenção. Reconheceria aquele cabelo em qualquer lado. Uma madeixa de cabelo loiro-claro, com uma ligeiríssima ondulação. É Holland; mal está na fotografia, só uma parte do cabelo. Segura um cobertor branco a embrulhar qualquer coisa. Uma fotografia descartada, um instantâneo mal tirado. Mas onde está a perfeita? Onde está a que corresponde a esta, a que conta a história que esta fotografia não mostra?

Procuro nas prateleiras da minha mãe. Não a vejo. Não existem fotografias emolduradas de Holland. Procuro atrás de livros. Nada.

O que raio? Porque tem a minha mãe uma fotografia dela assim? Não uma pose, ou uma foto só da cara, ou uma foto de férias, mas em vez disso um momento no tempo. Vasculho a secretária da minha mãe. Não há lá muita coisa, só alguns *Post-it* e lápis para as suas palavras cruzadas, alguns já gastos, outros afiados. Há um livro de palavras cruzadas ao canto da secretária. Qualquer coisa branca, como um pedaço de cartão branco, espreita num dos lados. Agarro no livro e puxo o cartão. É uma moldura rígida de fotos, não de metal, mas daquele tipo em cartão que se aguenta de pé aberta, com duas fotos. As minhas mãos tremem quando abro a moldura.

Duas fotografias. Numa delas, Holland está a olhar para a câmara e a sorrir. Existem máquinas perto e ela segura qualquer coisa nos braços, embrulhada naquele cobertor branco, e alguns tufos de cabelo castanho espreitam do cobertor. Na foto seguinte, virou a trouxa e dentro dela está um bebé minúsculo. Os olhos do bebé estão abertos e Holland está a beijar a cabeça do bebé. Holland parece cansada, mas feliz.

O meu coração ricocheteia de dentro do meu peito e desaba no chão quando leio o nome que a minha mãe escreveu.

Sarah St. James.

Sarah não é uma amiga da faculdade.

Sarah tem o apelido de Holland.

E uma data de nascimento.

Há seis meses.

CAPÍTULO VINTE

Saio do quarto da minha mãe a cambalear.

Há seis meses Holland teve um bebé.

Sarah tem seis meses de idade.

Procuro desajeitadamente um *Percocet*. Descubro-os na mesa do café. Tomo um. Depois outro. Saio. Caminho pelas ruas de Shibuya, passo por galerias, por lojas que vendem meias com corações e com riscas das cores do arco-íris, por salões de *pachinko* onde as pessoas estão a ganhar borrachas em forma de gato e bonecos da manga japonesa. Como podem as pessoas querer borrachas em forma de gato e bonecos da manga numa altura como esta? Marcho por lojas de telemóveis e vendedores de crepes e por um salão de unhas que anuncia decalques de sóis, luas e flores e não entendo como pode um salão de unhas anunciar sóis, luas e flores quando há demasiadas coisas que não fazem sentido.

Gotas de suor escorrem-me da testa. Passo uma mão pelo rosto. A minha mão está húmida. Puxo a fímbria da minha *T-shirt* cinzenta e limpo a cara com o tecido. Mas a transpiração começa de novo e, quando olho para as horas e a temperatura na fachada do banco de Tóquio, o sinal vermelho a faiscar apregoa 36 graus à uma da tarde. Isso significa que são nove da noite de ontem em Los Angeles.

Estou em frente de uma loja de departamentos enorme, com oito andares. Uma japonesa muito magra de saltos e fato sai e um jato de ar fresco segue-a. É um iglu lá dentro. Neste exato momento, preciso do efeito iglu, por isso apanho a escada rolante para a cave, uma vasta extensão de lojas de produtos *gourmet* e bancas que vendem chocolates europeus, caixas *bento* e fruta fresca por preços astronómicos. O ar fresco suga-me o calor e, quando passo pelos rabanetes e beringelas em conserva de vinagre vendidos por japonesas de vestidos bege com toucas brancas como as enfermeiras usam, consigo tirar o telemóvel do bolso.

Ela atende ao segundo toque e detesto que o som da sua voz me corte a respiração. Estou a travar uma batalha perdida com ela, afogando-me em terra firme com a voz dela a pronunciar o meu nome.

– Danny.

Não me dou ao trabalho de fazer introduções.

– Quem é Sarah na realidade?

Gagueja nas palavras.

– O que queres dizer?

– Quero dizer: Quem. É. Sarah? Porque usas o nome dela à volta do pescoço? Quem é ela? Onde está? Porque não creio que fosse tua amiga na faculdade. E não creio que tenha morrido – digo, passando por um tipo jovem que me tenta vender um conjunto de saquê. Ergo uma mão, a minha palma como um sinal de *stop* para as suas tentativas.

– Quem achas que é então?

Passo por caixas de presente de cerejas e cogumelos asiáticos enquanto a voz dela enfraquece através da linha telefónica, através da distância entre Los Angeles e Tóquio.

– A tua filha. – Uma pausa. O que devo dizer a seguir? – Que raio, Holland?

Holland não diz nada. Tento imaginá-la. Onde está? Em casa? No ATL de verão onde trabalha?

– Deste-a para adoção?

– Não.

Paro de andar. Apoio uma mão num balcão para me equilibrar. Há bolas de pastel de feijão vermelho sob o vidro. Ninguém me pergunta se quero comprar algumas. Toda a gente que aqui trabalha percebe que não estou aqui para comprar pastéis de feijão vermelho.

– Não deste? Não a deste para adoção?

– Não. Não a dei.

– Ela morreu?

– Sim. Morreu.

Mudo de posição, afasto-me da comida e encosto-me a uma secção da parede de tijolos. Olho para baixo, para o chão de cimento cinzento.

– Merda, Holland. Porque não me disseste?

Nenhuma resposta.

– O que aconteceu? – pergunto com suavidade.

– Entrei em trabalho de parto quando estava grávida de cinco meses e meio. Estava com vinte e seis semanas. O bebé nasceu prematuro. Tinha um quilo e era perfeito em todos os aspetos, exceto que era muito pequeno e não devia ter nascido ainda. Esteve na unidade de cuidados intensivos neonatais durante dois dias, apanhou uma infeção, não teve forças suficientes para a combater e morreu.

As palavras são pesadas, ensaiadas, como se já as tivesse dito antes. Pergunto-me se as terá dito e a quem as disse, ou se as ensaiou apenas na sua cabeça, para poder pronunciá-las sem se engasgar com todas aquelas palavras horríveis, porque são horríveis, todas elas, encadeadas como pequenas granadas.

– Meu Deus – exclamo, mas quando tento pensar na próxima palavra, na próxima coisa, não consigo. – Ias ficar com ela?

– Não. Não sei. Talvez. Não tinha decidido.

– A tua mãe sabe?

– Sim. Tudo. Contei-lhe quando estava de, não sei, quatro meses. O meu pai nunca soube.

– Mas a minha mãe sabia. Ela tem uma foto, Holland. Sabes isso?

Nenhuma resposta.

– Porque tem a minha mãe uma fotografia do teu bebé, Holland? Porque tem a minha mãe uma fotografia de Sarah? – Sei qual é a resposta. Só há uma resposta. Mas a resposta é tão bizarra, tão estranha, tão completamente lixada. – Ela era... Sarah era... – A voz esmorece. Não consigo que a palavra *minha* saia da minha boca. A minha língua está presa.

Holland desprende-a com a sua resposta:

– Sim. Era tua.

Esqueçam a granada. É como uma bomba suja a explodir no meu peito, estilhaços por todo o lado. Tenho tantas outras perguntas agora que sei *aquela* resposta, mas estou a apanhar metal e vidro da minha pele. E a minha voz desapareceu, foi atingida, a minha garganta está seca, os meus pulmões fecharam-se e as bancas de comida desvanecem-se, o balcão desapareceu, as senhoras de vestidos bege desapareceram e sofri uma explosão e recuei para algum estado primordial em que não possuo linguagem, não tenho braços, nem pernas, nem voz. Afundo-me no chão da cave da loja dc departamentos, enquanto as pessoas, tantas pessoas, um fluxo interminável de pessoas passa por mim.

– Danny.

Holland pronuncia o meu nome. Poderá estar a dizê-lo há segundos, minutos, anos, séculos. Concentro-me de novo. O chão é outra vez de cimento e os balcões estão outra vez cheios de comida e as trabalhadoras têm outra vez forma.

– Estou aqui.

– Perdão – sussurra para o telefone. – Peço perdão.

Perdão? É disto que se trata? Perdão? Há muito mais coisas a dizer do que *perdão*. Todas começam com *Porque. Porque não me contaste? Porque não disseste nada? Porque estou a descobrir agora que fui pai? Porque estou a descobrir agora que a miúda morreu?*

Aquela sensação de explosão volta, como se a bomba que Holland lançou me tivesse arrancado os órgãos. Nem sequer sei como devo receber isto, aceitar isto, lidar com isto. Não faço ideia nenhuma. Poder-se-ia pensar que sou perito, que por esta altura sou já um pranteador profissional. Que isto seria como uma segunda natureza. Que seria a minha melhor disciplina, a aula em que me notabilizo.

Mas a única coisa que sinto de certeza é uma forma doentia de alívio. Tenho dezoito anos. Estou prestes a começar a faculdade. Não tenho família. Sou a última pessoa no mundo que devia ter um filho. A rapariga que amo foi despedaçada por isto durante quase um ano e eu nunca soube de nada. Mas eu? Só consigo pensar: *Graças a Deus que não tenho um filho*. Esquivei-me a uma bala, uma bala que vinha direita à minha cabeça.

Não lhe posso dizer isto. Não posso dizer isto a ninguém. Uma família passa por mim. A mãe lança-me uma olhadela. Ela sabe. Olha para mim e percebe. Sou um rapaz que teve um bebé que não queria e o bebé morreu e em parte ele está contente.

Como me tornei esta pessoa? Não gosto desta pessoa.

– Não acredito que não me tenhas dito. Não acredito que não me tenhas perguntado o que fazer. Não acredito que não tenhas dito nem uma palavra. Nem nessa altura nem nunca.

– Tenho querido contar-te nestas últimas semanas. Porque achas que te tenho enviado *e-mails* o tempo todo? Porque achas que te telefonei?

– Não sei. Como poderia ter alguma ideia?

– Tenho tentado explicar tudo.

– Queres explicar as coisas? Queres explicar as coisas agora? Parece fantástico. Porque não nos encontramos para tomar café amanhã para me poderes contar tudo o que tens andado a tentar explicar? – E desligo-lhe o telemóvel.

Deixo cair a cabeça entre os joelhos, mas não creio que seja com Holland que estou furioso por não me contar nada. Estou furioso com outra pessoa. Alguém com quem nunca estive furioso antes.

A minha mãe.

CAPÍTULO VINTE E UM

Holland trabalhava num ATL de férias para crianças todos os verões quando andava no secundário, mas nunca parecia trabalho para ela. Tinha uma ligação natural com os miúdos. Um dia, no ano passado, fui buscá-la ao centro e ela estava sentada na mesa de piquenique em frente da escola onde decorriam as atividades. Com ela estava uma rapariguinha. Os pais deviam ter-se atrasado a ir buscá-la ou algo do género, por isso sentei-me com elas no banco e Holland e a rapariguinha jogaram ao jogo do galo durante se calhar vinte minutos. A menina venceu Holland numa volta e saltitou excitada, depois Holland venceu a menina e ergueu os braços tonificados no ar, vitoriosa. A coisa continuou assim: por vezes, Holland deixava-a vencer, por vezes, Holland vencia de propósito e por vezes empatavam.

Gostei que Holland não deixasse os miúdos vencer o tempo todo. Gostei que fosse jovialmente competitiva com eles.

– Sabes que o jogo do galo surgiu no Egito? – disse Holland para a menina.

A menina abanou a cabeça.

– Acho que não.

– Talvez fosse em Madagáscar então?

Outro abanar de cabeça.

– Está bem, estou a pensar na Roménia.

A menina começou a rir-se.

– Não! Na Roménia não.

– Bem, então onde? Onde achas que surgiu o jogo do galo?

A menina encolheu os ombros magricelas.

– Não sei.

– Devíamos descobrir. Devíamos pesquisar. Podes procurar esta noite?

– Não sei fazer isso!

– Procura no Google e depois diz-me. Talvez possas escrever um relatório sobre o assunto. Podes fazer isso por mim?

A menina riu-se mais e abanou a cabeça.

– Não sei fazer um relatório, Holland!

– Bem, então talvez me possas fazer só algumas bolachas de chocolate esta noite. Não, espera. Que tal *cupcakes*? Sabes fazer *cupcakes* de rã-arborícola da floresta alemã?

– Acho que não queres comer rãs.

– Não? Ouvi dizer que são ótimas com cobertura de chocolate. Não sabe tudo melhor com cobertura glacé?

– Adoro cobertura glacé. E se os *cupcakes* fossem feitos só de cobertura glacé?

– E que tal cobertura glacé e *Skittles*?

– Isso seria uma grande confusão.

– Mas bom. Não achas?

A rapariguinha acenou.

– Quanto te deve a minha mãe?

Holland olhou para mim.

– Taxa por vir buscar mais tarde – explicou.

Quando a mãe apareceu, vinha exausta, stressada e com o cabelo despenteado. Procurou o livro de cheques na mala, mas não o tinha.

– Peço imensa desculpa.

– Não faz mal – retorquiu Holland e acenou com uma mão no ar. – Divertimo-nos.

– Pago-lhe amanhã, prometo.

– A sério. Não pense mais nisso. Fica por conta da casa.

A mãe foi-se embora e nós inventámos cenários para o atraso tão grande.

– Ficou engarrafada no trânsito – sugeriu Holland.

– Não. Estava a arranjar as unhas.

– *Botox*, querido. Estava a aplicar *botox*.

– A remover a barriga.

– Tatuagem de golfinho no rabo.

– *Piercing* no mamilo.

– Iiii! – exclamou Holland e enrugou o nariz.

– *Piercing* no umbigo? – sugeri.

– Muito melhor. Mas acho que estava a ter uma aventura com o patrão.

– Ah, um pequeno prazer ao final da tarde.

– E acabaram de chegar do hotel de Beverly Hills.

Assenti.

– Pois, está mesmo a ter uma aventura. Mas não é com o patrão. Anda a seduzir um tipo muito mais novo.

– Os tipos mais novos são os melhores – comentou Holland e pôs-me a mão na perna.

Chegámos a um semáforo e ela inclinou-se para mim e sussurrou:

– Vamos parar aí nalgum sítio depressa.

Descobrimos o andar mais vazio da garagem de estacionamento mais próxima e passámos para o assento traseiro do meu carro.

Tínhamos ambos boletins de saúde imaculados, por isso, por essa altura, Holland começara a tomar a pílula. Tanto quanto sei, poderá ter sido dessa vez que o controlo de natalidade não funcionou.

* * *

Reviro o apartamento de pernas para o ar. Esvazio todas as gavetas, todos os armários, todos os móveis. Faço-o de novo. E outra vez. No final do dia, não descobri mais nada. Mais nada que a minha mãe me tenha escondido, mais nada que a minha família não me disse. Mas tenho a certeza que há ali qualquer coisa, à espreita.

Qualquer coisa que decifre esta confusão. Porque isto não tem explicação. A minha mãe não guardava segredos assim. Não o faria. Era honesta, aberta e franca. Quando eu andava no terceiro ano, os outros miúdos estavam a começar a falar dos pássaros e das cegonhas, mas ninguém percebia muito bem, sobretudo a questão de como tínhamos todos conseguido escapar das nossas mães como bebés. Certa noite, perguntei ao jantar:

– Mãe, como é que saí da tua barriga?

Ela riu-se com vontade. O meu pai engasgou-se e afastou o olhar. Laini soltou uma gargalhada ruidosa.

– Oh, isto vai ser bom – disse.

A minha mãe olhou para mim, a tentar parar de sorrir.

– Queres mesmo saber? Estás mesmo preparado para a resposta?

– Sim.

E depois contou-me. Não com pormenores gráficos nem nada do género. Mas o suficiente para dissipar a minha primeira ideia de que de algum modo surgira estilo *Alien*.

– É a coisa mais inquietante que já ouvi – observei.

Riram-se os três durante o resto da refeição. Mas mesmo essa verdade não me impediu de fazer mais perguntas ao longo dos anos. Eu perguntava; ela respondia. A combinação era essa. Mesmo quando lhe diagnosticaram pela primeira vez o cancro, perguntei-lhe, com lágrimas a escorrerem pelas minhas faces de rapaz de treze anos, se ela ia morrer.

– É possível, mas vou fazer tudo o que puder para lutar contra isto. Prometo.

Se era tão sincera em relação a tudo, então porque escondeu *isto*?

Saio do quarto dela e bato com a porta. Gosto do som, por isso bato-a repetidas vezes, o som a ecoar pelo apartamento, o ruído a estilhaçar-se nos meus ouvidos.

Volto à sala, às sementes de lilases na mesinha do café para onde as atirei no meu primeiro dia aqui. Sementes de lilases de Holland. Depois o bilhete que Holland enviou à minha mãe em papel cor de alfazema que tem andado na minha carteira. Três pistas na pilha do *Pessoal* e esta última é agora abundantemente clara. Leio outra vez o bilhete, vendo-o de forma diferente. *Nunca* teria adivinhado o que na realidade significava, uma homenagem improvisada à única neta da minha mãe.

> Mandei vir *online* para ti, mas são da árvore japonesa do lilás. Como sabes, demoram alguns anos a florir, mas produzirão flores muito fragrantes e aromáticas. É agradável, de certa forma, pensar que as flores serão uma lembrança nossa, não é? E que, dentro de alguns anos, estes lilases encantarão as pessoas com o seu perfume. Talvez consigas encontrar um lugar para as plantar em Tóquio?

Como podiam ter este pequeno segredo e escondê-lo de mim? Uma frialdade instala-se no meu peito, uma frialdade escura e profunda, como a escuridão do espaço. Estou a flutuar ali, à beira daquilo tudo, prestes a ser sugado para o buraco negro. A única coisa que me mantém *aqui* é esta fúria que me envolve, toda gelada, quando passo outra noite vazia numa casa solitária, muito longe de toda a gente.

* * *

Quando a luz do dia misericordiosamente surge, peço a Kana para ir ao cinema comigo e passamos a tarde numa sala escurecida, a comer pipocas e gomas e a única coisa que não se perde na tradução é a comida e o conforto.

Mas ainda não é o suficiente para endireitar esta minha vida virada de pernas para o ar. Saímos e, quando nos aproximamos do mosaico de Hachikō, ali de pé sob o calor abrasador da tarde, pergunto-lhe se a minha mãe alguma vez mencionou o nome de Sarah.

– Sim – diz Kana com um aceno de cabeça.

– O que disse?

– Disse que Holland tinha um bebé. E que Holland perdeu um bebé.

– Tu sabias.

– Sim. Sabia.

– Alguma vez pensaste em dizer-mo?

Ela não responde logo, inclina apenas a cabeça para considerar a questão. Depois fala:

– Não pensei propriamente em dizer-to, Danny. De qualquer maneira, não sabia se já sabias. O assunto nunca surgiu nas nossas conversas e, para ser franca, Holland também não surgiu muito. – Olha a direito para mim quando diz aquilo e eu aceno com a cabeça, porque é verdade. Kana e eu não falámos muito sobre Holland e a omissão não foi deliberada, aconteceu apenas naturalmente. – Por isso, nunca senti que a questão de Sarah fosse uma coisa que devesse ser relatada, percebes o que quero dizer?

– Suponho que sim. Mas não entendo como é que toda a gente sabia e ninguém me disse. A minha mãe, Holland, Kate. Todas sabiam e a minha mãe contou-te a *ti*. E não me interpretes mal, Kana. Acho que és fantástica, mas não és o pai da...

Não consigo terminar a frase.

– Às vezes é mais fácil para nós contar coisas a pessoas que estão muito distantes. É assim que experimentamos contar coisas.

– Mas a minha mãe nunca me contou. *Quase* consigo perceber que Holland não tenha dito nada. Tinha dezoito anos e estava grávida. Mas a minha mãe? Qual é a desculpa dela?

– Não queria magoar-te. Foi o que me disse.

– Mostrou-te a fotografia?

– Sim. Sarah era um bebé lindo.

Não sei o que dizer a isso. Não acho que os bebés sejam lindos. Não acho que os bebés sejam alguma coisa.

– Mostrou-ma na casa de chá um dia, depois de a tua irmã ter vindo visitá-la.

Fecho os olhos e estendo a mão para o mosaico do cão, agarrando-me, durante um instante, às orelhas brancas de Hachikō. Kana pousa-me uma mão no braço. Abro os olhos.

– O que se passa com a minha vida? Por que raio é tudo uma merda?

– O que é tão lixado assim? – pergunta Kana, transformando as minhas imprecações em palavras mais suaves.

Não lhe digo que o meu domínio da verdade, das palavras, das pessoas, se deteriorou. Estava a aproximar-me, a aproximar-me tanto do normal outra vez e isso foi-me arrancado. Nem sequer estou no ponto onde comecei. Estou noutro sítio completamente diferente, tão afastado do mapa que não sei para onde me virar a seguir. Desvio o olhar para o ecrã gigante no edifício do outro lado da rua. Um *chihuahua* anda sobre uma corda esticada.

– Como sabia a minha mãe e não me disse nada? Devia estar do meu lado. Era a *minha* mãe. Porque estava do lado de Holland?

– Isto é uma guerra entre tu e a Holland? Não era um campo de batalha. Não era uma luta. Não há lados. Todos os lados da questão são tristes, está bem?

– Sabes o que quero dizer.

Ela abana a cabeça.

– Não, não sei.

– Como pôde a minha mãe saber que Holland tinha o nosso bebé e não me contar?

Agarro Kana pelo ombro e ela retesa-se durante um segundo. Largo-a. Não posso magoá-la. É a única pessoa que não posso magoar. Não posso abaná-la até lhe arrancar uma resposta.

– Danny. Porque achas que a tua mãe não te contou?

Ergo as mãos no ar.

– Não faço ideia.

– Porque estava a morrer. Porque não queria que tu sofresses mais perdas na tua vida. Perdeste o teu pai, a tua irmã fora-se embora, a tua namorada terminara tudo contigo e estavas a perder a pessoa que mais amavas: ela. A tua mãe. Ela não queria que tivesses de aguentar mais coisas. Não estava a guardar segredos de ti. Estava a proteger-te de um segredo.

Abano a cabeça muitas vezes.

– Não. Não. Não. Não é assim que funciona. Não é assim que funciona – repito.

– Tens de entender que o fez porque te amava. Mas também tens de entender que queria uma fotografia da única neta que veria nesta vida. Mesmo que esse bebé já tivesse partido.

Kana abraça-me e, ao princípio, eu resisto, resisto à proximidade, à ligação, até que por fim me deixo envolver nela. Passa os seus braços magricelas à minha volta e talvez seja isto, talvez seja ela, a razão de eu ter vindo para Tóquio. É a única coisa que faz sentido para mim.

Agarra-me, ou eu agarro-a, não consigo dizer, porque não me quero separar dela.

Dali a nada o sol é demasiado; o calor é demasiado. Ninguém aguenta cá fora tanto tempo ao calor do dia.

– Isto vai parecer uma loucura, mas queres ir ao *karaoke?*

Rio-me.

– Verdade?

Afasto-me, desenredando os meus braços dela e o meu rosto do seu ombro.

– Às vezes, quando estamos tristes, penso que precisamos de fazer o oposto do triste. Às vezes precisamos de cantar.

Pega na minha mão, entrelaça os dedos nos meus, leva-me para o salão de *karaoke* mais próximo a apenas alguns quarteirões de distância e reserva uma sala. Começa com os habituais do *karaoke*, Bon Jovi e os Beatles, depois passamos para músicas mais recentes, Katy Perry e Arcade Five, e rimo-nos, fazemos brindes e erguemos os nossos copos de refrigerante e dizemos *kampai*, um *tchim-tchim* japonês, e depois cantamos mais canções. Cantamos duetos, incluindo uma canção ridiculamente pirosa de Dolly Parton e Kenny Rogers sobre ilhas e ela troça de mim de forma implacável porque a minha voz é muito má e porque não consigo entoar uma melodia. Quando avançamos para a secção dos Gun N' Roses, ela salta «Sweet Child o' Mine» e escolhe «Welcome to the Jungle» e só por isso quero comprar-lhe crepes doces durante o resto da vida. Quando a tristeza se esvazia, saímos e encaminhamo-nos para a noite de Tóquio, forrada a néon. Levo Kana à estação de metro e digo-lhe adeus quando ela atravessa os torniquetes a caminho de casa.

Avanço através da confusão noturna, os passeios a fervilhar de pessoas, e viro para a minha rua.

Paro de repente, porque devo estar a imaginar aquilo. A imaginar a silhueta de alguém que reconheceria em qualquer lado, o cabelo, as pernas, as curvas do corpo. Tem um pedaço de papel na mão, está à procura de números nos prédios e encontra-se a apenas alguns passos do meu prédio, a tentar descobrir o endereço que corresponde ao que tem na mão.

Quando se vira, fito os olhos azuis mais lindos que já conheci.

E cheira a açúcar com limão.

CAPÍTULO VINTE E DOIS

– Como chegaste aqui? – pergunto. É uma pergunta estúpida, mas sai na mesma, porque aqui está ela a aceitar o meu desafio.

– Apanhei um avião.

– Pois. Aquelas coisas que voam por cima do oceano.

– Arranjei um voo barato.

– Oh, ótimo. Não quereria que gastasses dinheiro a vir até cá.

– Não foi isso que quis dizer. Não quis dizer que só viria porque os voos eram baratos.

– Então porque não dizes o que queres dizer só por uma vez? Ou é assim tão difícil? Dizer a verdade?

Ela puxa a mala mais para cima no ombro.

– Podemos conversar?

– É por isso que aqui estás?

– Sim. Para conversar. Para falar contigo. – Faz um gesto para a porta do meu prédio. – Vim porque não falavas comigo ao telefone. Não respondias aos meus *e-mails*.

– Nota para mim mesmo: desde que viajemos para o outro lado do oceano, a miúda por fim aparece.

Acena ao de leve com a cabeça, absorvendo o golpe.

– Há algum sítio onde possamos ir?

– Oh, como, por exemplo, a minha casa? Queres subir e tomar chá e conversar? Talvez até possamos pôr a fotografia de Sarah sobre a mesa enquanto conversamos. Vou buscar as sementes de lilases que mandaste à minha mãe.

Holland afasta o olhar, engole em seco.

– Desculpa – murmuro entre dentes. – Isto foi nojento.

Ela abana a cabeça. As ondas loiras do cabelo estão mais lisas do que o costume. Dez horas num avião fazem isso.

– Tudo bem.

– Não, não está. Mas não podemos ir para minha casa. – O apartamento não é a minha casa em Los Angeles. Não é um sítio onde ela possa entrar e sair quando aparece com comida ou com bagagem. Este sítio é meu. – Tens fome?

– Estou a morrer de fome – responde e lança-me um sorriso ténue. Eu afasto o olhar.

– Conheço um restaurante de *sushi* que está aberto vinte e quatro horas.

Conduzo-a por uma rua lateral sossegada. Aqui não há vendedores de rua a apregoar televisões ou telemóveis. Inclino a testa para uma porta metade madeira metade tela que abro toda para trás. Entramos num restaurante de *sushi* do tamanho de uma lata de sardinhas. O senhor que dirige o sítio estende os braços e sorri.

– *Hisashiburi* – diz. *Há muito tempo que não o via.*

– *Chigau? Senyoru ni kittan darou.* – *Está a brincar? Estive aqui na outra noite!*

Ele encolhe os ombros de forma cómica e depois pergunta-me o que quero comer.

Faço um gesto para Holland.

– *Kanojo no hoshii mono.* – *O que a senhora quiser.*

Ele ri-se, uma gargalhada profunda e sonora, olha para Holland e estica os braços em frente do bar de *sushi*, abastecido com atum, polvo, charuteiro do Japão, salmão, camarão e mais.

– Tudo por si – diz, com um pesado sotaque japonês.

– Obrigada – responde Holland e sentamo-nos. Inclina-se para mim. – Falas japonês.

– Só um bocadinho.

– Foi uma conversa inteira, Danny – observa e vejo orgulho no seu rosto.

Faz-me querer fletir os músculos e deixá-la admirar. Depois esqueço aquela ideia, porque Nós. Tivemos. Uma. Filha. E. A. Filha. Morreu.

– Devias pedir – digo, apontando para a comida.

– Vais comer também?

– Claro. – Peço salmão, atum e polvo e ela escolhe enguia, sopa de miso e edamame. – Então...

– Vi *Sandy Koufax* – começa Holland. – Encontrei-a e a Jeremy na praia há alguns dias. Correu para mim para me dizer olá. Abanou a cauda, pôs-me as patas no peito e lambeu-me a cara.

A minha cadela. A minha cadela fiel e leal.

Holland continua.

– Penso que ela queria que eu te dissesse também olá. Por isso, da parte de *Sandy Koufax, olá*. Sente saudades tuas. – Holland para de falar e faz uma pausa. Olha-me a direito. – Não é a única.

Abano a cabeça.

– Não comeces.

Se a deixo falar assim, afundar-me-ei. Todo o meu corpo entrará debaixo de água e nunca mais virá ao de cima.

– Mas sinto. Sinto mesmo saudades tuas, Danny. Sempre senti saudades tuas. Sinto saudades tuas todos os dias desde que... – A voz esvai-se durante alguns segundos. – E é por isso que queria falar contigo. É por isso que tenho enviado *e-mails* e telefonado. Mesmo tendo que voar oito mil quilómetros, voaria outros oito mil para te contar.

– O que me vais contar?

– Quero que saibas porque nunca te contei a verdade sobre Sarah.

– Está bem. Conta-me a verdade – digo quando o nosso homem nos passa uma travessa de *sashimi* e sopa de miso. Parece estranho estar a comer e a falar sobre *isto*.

– Sabes como gosto de crianças – começa Holland. – Adoro tomar conta delas. Adoro trabalhar com elas nas atividades de férias. E sempre desejei ter filhos. Só que, obviamente, não como mãe adolescente, não como caloira da faculdade. Por isso, quando descobri que estava grávida, pareceu tudo muito errado. – Não toca na sopa, apoia apenas as mãos no balcão enquanto fala comigo. – Mas pareceu tudo também muito certo, de uma forma estranha. Creio que foi isso que me surpreendeu mais. Quero dizer, como rapariga, pensamos sempre a dada altura: *O que farei se ficar grávida antes de estar preparada para isso?* Mas depois aconteceu. E fiquei chocada. Porque tivemos cuidado, mesmo depois de eu começar a tomar a pílula. Por isso fiz, tipo, dez testes de gravidez. E, todas as vezes, não parecia totalmente errado. Parecia uma coisa que eu quereria. E contigo. Mas só que não nessa altura. Por isso, sentia-me muito confusa e depois isso deu-me para ficar totalmente paralisada. Porque só sabia que não ia interromper a gravidez. Mas não conseguia pensar para além disso.

– Assim, naturalmente, deste-me com os pés.

– Sim.

Abro as mãos, à espera de uma resposta. Mas não vem logo.

– Não conseguia pensar para além do momento presente. Não conseguia contar a ninguém. Não podia contar à minha mãe, nem à minha colega de quarto. Usava roupas largas e carregava a mochila à minha frente quando ia para as aulas. E parecia uma *zombie*. Efetuava os movimentos de todos os dias até conseguir resolver o que fazer e como contar.

A minha voz suaviza-se.

– Eu tinha-te ajudado a resolver. Sabes isso, não sabes? Não sou um idiota qualquer que não consegue lidar com coisas complicadas.

– Eu sei. – Remexe num elástico, um elástico preto para o rabo-de-cavalo à volta do pulso.

– Porque não me contaste?

– Porque eu própria mal conseguia lidar com a questão. – Há uma veemência nos seus olhos azuis, uma intensidade feroz. – Porque sabia que, se te visse, teria querido ficar com o bebé. Seria uma rapariga estúpida cheia de hormonas que estava a ficar gorda e que diria: *Danny, vamos ter um bebé. Vamos brincar às casinhas. Vamos casar e ser pais adolescentes.* Teria feito isso. Teria suplicado e teríamos sido ridículos. Tive de te afastar porque não te queria colocar nessa posição. Precisava de tempo para aceitar a ideia de que ia ter de desistir dela, antes de te contar. Tencionava dizer-te. Quer dizer, sabia que devia contar-te. Sabia disso, Danny. – Agora os seus olhos suplicam. – E falei com agências de adoção, apesar de me sentir dilacerada ao pensar que ia dá-la. Mas sabia que tinha de o fazer. Queria só organizar-me, planear as coisas e contar-te quando estivesse tudo resolvido. Queria poder contar-te sem dar cabo da tua vida. Além disso, calculei que teria *tempo* para resolver tudo. Pensei que poderia contar-te quando tivesse escolhido uma agência de adoções e quando tivesse a certeza do que ia fazer. Mas depois entrei em trabalho de parto. E aconteceu tudo tão depressa. Tive de apanhar um táxi para um hospital em San Diego e depois telefonar à minha mãe e pedir-lhe para vir.

Quando ela diz aquilo, vem-me à cabeça uma recordação. Kate a ausentar-se durante alguns dias há seis meses. A minha mãe nem sequer sabia onde Kate fora. Só que tivera de tratar de uns assuntos fora da cidade.

– E a minha mãe correu para San Diego e chegou alguns minutos depois de Sarah nascer. Aconteceu tudo tão depressa.

– Caramba. Estavas sozinha quando a tiveste?

Holland acena com a cabeça.

– Nunca imaginei que pudesse dar à luz tão cedo. Aquilo nunca sequer me ocorrera. Nunca pensei que ficasse sem tempo para te contar. Verdade que nunca pensara que ela nascesse antes de eu poder dizer alguma coisa. Mas depois entregaram-ma e senti-me esmagada de amor por ela. Era como um leão feroz e só queria protegê-la – diz, com voz forte, a expressão dos olhos a mostrar-me que está ao mesmo tempo *aqui* e *lá* neste momento. – Ela era pequena, tão pequena, que cabia nas minhas mãos. Tinha o rosto avermelhado e um pouco azulado ao mesmo tempo. Os olhos mal se encontravam abertos, os pés eram minúsculos e soltou um pequeno som, não como um desses choros de bebés robustos, mas mais como o miado de um gatinho.

Tapa a boca com uma mão durante um segundo, a voz a falhar-lhe.

– E percebi que tinha de a proteger e que tinha de lutar por ela. O meu único pensamento era que tinha de salvar o meu bebé. Mas não consegui. Apanhou uma infeção e não fui suficiente para ela. O que tinha para lhe dar não foi suficiente. Não pude fazer nada. Falhei por completo, deixei-a ficar mal. Viveu exatamente cinquenta e duas horas. O coração dela batera e eu pegara nela ao colo e fora uma pessoa *real*. E, quando morreu, só senti trevas e vazio. Não fizemos um funeral, nem nada. Foi apenas cremada. Foi só isso. E foi absolutamente horrível, essa minúscula pessoa transformada em cinzas.

Tento imaginar um bebé, um bebé de um quilo, a ser cremado. Mas é um pensamento demasiado horrível.

– E pensei que o facto de ela ter morrido era culpa minha. Um castigo por não ter resolvido antecipadamente o que fazer.

– Holland, não é um castigo. O mundo não funciona assim. As coisas más acontecem simplesmente.

Ela abana a cabeça.

– Não sei. Foi como me senti na altura. E o meu corpo. Era uma confusão total. O meu corpo não sabia que ela morrera. O meu corpo estava a tentar ser uma mãe. E como te podia contar então? Como te podia contar nessa altura? Telefonava-te e dizia: *Oh, olá. Não tive coragem para te contar que estava grávida, mas agora já não estou e agora ela morreu e sinto-me morta também e podes, por favor, vir salvar-me de tudo isto?*

Estendo os braços para ela. Não quero saber se ela *devia*, *podia*, me *teria* contado. Não posso deixá-la, não posso deixar *ninguém* passar por isto outra vez sozinha, quer fosse opção dela quer não. Ela comprime as faces molhadas contra a minha *T-shirt* e deixo-a chorar no meu peito.

– Eu tinha-te salvo, Holland – digo no cabelo dela. Ela acena com brusquidão contra o meu peito.

Toco-lhe no cabelo durante um segundo e depois afasto-me.

– Eu sei. Eu sei, mas tinha medo. Além disso, nessa altura já estavas com a Trina. Mesmo que não estivesses, qual era o interesse? Não a ia trazer de volta. Depois a tua mãe ficou pior, Danny. Foi quando todos soubemos que ela não ia safar-se. Como podia eu aumentar ainda mais o fardo?

Lembro-me disso também, de forma clara. As conversas francas que os médicos tiveram com a minha mãe. Dizendo-lhe que estava na altura de pôr os seus assuntos em ordem.

– Mas como soube a minha mãe de Sarah?

– A minha mãe contou à tua depois de Sarah morrer. Sabes como são. Contam tudo uma à outra. E a fotografia, a minha mãe tinha tirado a fotografia apenas um par de horas depois de eu a ter e, depois de Sarah morrer, disse que queria dar uma fotografia à tua mãe porque seria a... – Holland para, desvia o olhar durante um momento para engolir em seco e depois consegue continuar – ... a única forma de a tua mãe ver um dos seus netos.

Todas as coisas que a minha mãe nunca verá e nunca conhecerá dardejam diante dos meus olhos. Nunca saberá o que vou estudar na faculdade, com quem casarei, quantos filhos terei, como ganharei a vida. Nunca aprenderá a jogar golfe e nunca poderá usufruir de um desconto para seniores no cinema. Nunca envelhecerá.

Holland continua a falar.

– Foi por isso que detestei a faculdade. Detestei tudo. Detestei que ela tivesse morrido. Detestei não ter tomado uma decisão atempada. Detestei-me por ser tão fraca, por não ter sido capaz de te contar, por não ter sido capaz de salvar Sarah. E depois voltei para passar o verão e não consegui manter-me afastada de ti.

Apesar de não querer, exibo um pequeníssimo sorriso.

– Não consegui. Quero dizer, sabes o que aconteceu! Estava sempre a aparecer em tua casa para te trazer comida, aparar as flores e convidar-te para almoçar. E só a aparecer. E pensava sempre: *É desta vez que lhe conto.* Mas tu estavas tão desfeito, como era compreensível, e eu não queria aumentar o teu sofrimento. Parecia injusto contar-te na altura. Como se eu fosse apenas desabafar e criar um novo problema para ti. E não queria fazer isso. Não é que não conseguisses lidar com isso, Danny. Eu é que não queria que *tivesses* de lidar com isso.

– Eu podia ter lidado com isso.

Pousa a sua mão macia no meu braço. Reteso-me, mas depois rendo-me à sensação boa de ser tocado por ela.

– Eu sei – diz. – E a razão por que sei é porque nada mudou para mim. Ainda estou totalmente apaixonada por ti. Nunca parei de estar.

Lá está ela a fazer aquilo de novo. Diz coisas que fazem com que seja impossível estar zangado com ela, impossível resistir. Quero passar os braços em volta dela, puxá-la para mim e afagar-lhe o cabelo. Quero plantar-lhe beijos na testa, nas faces, no seu pescoço soberbo. Quero dizer-lhe que sinto tantas saudades dela que a saudade é como uma força viva, como um órgão vivo de fogo dentro de mim e que faria quase tudo para lhe aliviar o sofrimento. Mas alguma outra força, alimentada pela recordação de toda a dor que ela provocou, está a puxar-me na outra direção.

Não estou preparado para me abrir outra vez ao fogo, às chamas de Holland.

– Não estou preparado – digo-lhe.

Ela anui, aguentando o golpe.

– Tenho mais fotografias de Sarah se estiveres interessado em vê-las. Não são assustadoras nem tristes. São fotografias dela toda embrulhada e com ar doce num pequeno cobertor de bebé ou a dormir nos meus braços quando os médicos me deixavam pegar nela durante cinco minutos de cada vez antes de voltar para a sua incubadora. Talvez pareça demasiado esquisito ou deprimente. Mas estou a tentar agora mostrar-me aberta em relação a tudo e contar-te todas as coisas que nunca te contei antes.

Fotografias de bebés. Esta é a verdadeira linguagem estranha.

Olho para ela, aqui ao meu lado em Tóquio. Sempre a quis *aqui* comigo. Mas não foi exatamente assim que imaginei as coisas. Mesmo assim, preciso de lhe dizer as seguintes palavras:

– Holland, não concordo com não me teres contado. Mas compreendo o que estás a dizer. Entendo porque pensaste que tinhas de fazer as coisas como fizeste.

Depois passo para outro assunto e pergunto-lhe onde vai ficar hospedada.

– Sabes que a minha mãe tem aquela cliente em Tóquio?

Aceno com a cabeça.

– Vai deixar-me ficar com ela.

– Quanto tempo vais aqui ficar?

Hesita antes de responder.

– Uma semana. Terminei o trabalho com as crianças por agora.

Apetece-me convidá-la para voltar comigo para o apartamento, mas não consigo aguentar a ideia de perder mais alguém outra vez. Em vez disso, aconselho:

– Devias comer.

CAPÍTULO VINTE E TRÊS

Regresso ao templo que a minha mãe costumava visitar. O crepúsculo cai. Os raios de calor foram lavados pelo ar mais fresco do final da tarde. Abano a mão através do incenso de cheiro enjoativamente doce, espalhando-o pelo templo. Não está aqui ninguém, tal como da última vez. Mas consigo sentir a minha mãe neste lugar. Consigo sentir que esteve aqui há apenas poucos meses.

Eu era muito chegado à minha mãe. Contava-lhe coisas; apoiava-me nela; pedia-lhe conselho em relação a quase tudo, amigos, escola, raparigas, desporto, faculdade. Ali no templo obscurecido, iluminado apenas por velas tremeluzentes, fitando uma estátua de pedra de Buda com os dedos entrelaçados, questiono-me se teria perguntado à minha mãe o que fazer em relação a uma namorada grávida.

Olá, mãe. Engravidei uma rapariga. O que devo fazer?

Ela quer ficar com o bebé ou dá-lo?

Não sabe.

Bem, filho, devias...

Só consigo chegar até aí. Porque ela não está aqui para preencher as lacunas e porque aliás não me contou nada. Tento imaginar o que teria feito se fosse Holland. A quem teria contado? Se Sarah tivesse vivido, teria Holland ficado com ela? Teria abandonado a faculdade para criar uma filha? Se a tivesse dado, teria sido uma adoção aberta em que se mantém o contacto? Talvez daqui a dez anos Holland fosse muita amiga de uma Sarah com dez anos de idade e depois marcasse encontros para comer gelados, fazer compras e discutir o baile de formatura com uma Sarah adolescente. Talvez a Sarah adolescente quisesse conhecer o seu pai. Talvez a Sarah adolescente tivesse sido como Kana, a querer voar para longe, a querer escapar.

Mas isso não aconteceu. Porque Sarah seguiu o caminho de tantas pessoas na minha vida.

Fecho os olhos e tento imaginar a unidade de cuidados intensivos neonatais, os médicos a dizerem a uma caloira da faculdade assustada, que dera à luz demasiado cedo, que a criança estava a morrer. Sarah teria lutado para viver como a minha mãe? Os médicos fizeram tudo o que podiam? Disseram: *Lamentamos, não conseguimos salvar a sua filha?* E depois embrulharam o bebé num cobertor e entregaram-na a Holland para lhe pegar ao colo até Sarah soltar o seu último suspiro?

Sei o que é ver alguém que amamos morrer. Estava lá na noite em que a minha mãe morreu. Foi na nossa casa em Santa Monica, no quarto dela. Eu segurava-lhe numa mão e Kate na outra. A respiração da minha mãe foi-se tornando mais irregular e mais fraca. Depois quase roufenha, como se estivesse a aspirar o ar, a engolir com esforço, mas apenas uma vez por minuto. Tinha os olhos fechados, mal ali estava: já fizera as suas despedidas e agora observávamos apenas, testemunhávamos apenas o encerramento do seu corpo. Uma última inspiração, uma última expiração. Depois o subir e descer quase invisível do seu peito parou de uma vez por todas.

Só restei eu e a minha cadela e o meu objetivo na vida tornou-se singular: desencadear qualquer coisa dentro de mim que se assemelhasse a um sentimento.

Saio do templo e dou a volta para as traseiras do edifício com a sua pintura desbotada a pelar. Estaco de repente quando vejo um cemitério. Não é um cemitério vulgar. As sepulturas são diferentes. As lápides são pequenas. Têm ursinhos de peluche ao lado e toucas em cima. Estou num cemitério de bebés. Dou outro passo pesado como chumbo e leio as datas só para ter a certeza, só para manter o dedo na chama durante mais uns segundos.

Tenho de *sentir* esta dor. Tenho de me *permitir* senti-la.

Forço-me a fitar as lápides, a ler os nomes e as datas. Este bebé viveu durante três dias. Este bebé durante um ano. Este bebé durante cinco meses. Sinto como se alguém me tivesse enfiado uma mão pelo peito, um punho, e estivesse a agarrar-me o coração, a apertá-lo, a torcê-lo e, de súbito, estou a tossir, a engasgar-me, caio de joelhos.

Qualquer coisa parecida com lágrimas cresce lá no fundo dentro de mim e tusso mais um pouco, como se estivesse a retalhar um pulmão. Perdi uma coisa que não sabia que tinha e uma coisa, para ser franco, que não queria. Não queria ser pai. Não queria ter um bebé. Mas também não queria que o meu primeiro filho morresse. Durante um brevíssimo segundo, imagino a minha mãe e Sarah. Algures, noutro sítio qualquer, um sítio celestial, onde cheira a lilases e a minha mãe tem todo o seu cabelo liso castanho, encaracolado nas pontas, e está a rir-se e de mãos dadas com uma menina.

Sarah está com a minha mãe. A minha mãe está com Sarah. Até o meu pai lá está também. Juntos, todos eles.

A minha mãe queria conhecer Sarah, a única neta que conheceria. A minha mãe levou a fotografia dela para Tóquio, olhou para ela, talvez até lhe tivesse tocado, talvez até recordado a menina que nunca viveria.

E sei, não, *acredito*, que tudo isto é necessário, que tudo isto é intencional, que a minha mãe, nalgum mais alto sentido cósmico, cármico, budista, de algum modo deixou estas pistas para mim.

Kana, Laini, Sarah. Em breve, Takahashi. Que se as conseguir decifrar, conseguirei curar-me.

Mas se a minha mãe aqui estivesse agora, dir-lhe-ia que me deu o melhor dela, mas que fez asneira neste ponto. Dir-lhe-ia que eu tinha conseguido lidar com a questão. Eu teria querido saber. Dir-lhe-ia que é esta parte dela com que não me quero parecer. Poderá ter tido as suas razões e penso, agora, *aqui*, depois destas semanas em Tóquio, que consigo respeitar isso. Mas, quanto a mim, não serei uma pessoa que guarda segredos, porque os segredos desgastam o amor.

Talvez seja isto que ela queria que eu descobrisse. O meu próprio caminho.

Abandono o cemitério, porque tenho de ir a outro sítio neste momento. Esta noite é o espetáculo de Kana. Vai atuar com o seu grupo. Enviei-lhe uma mensagem antes para lhe contar. **Adivinha lá? Holland apareceu a noite passada. E também preciso da morada do teu espetáculo.**

Pego no telemóvel para ver se me enviou o endereço.

QUERO TODOS OS PORMENORES! Espero por ti no Pink Zebra esta noite!

Segue-se um endereço e uma hora. O espetáculo dela começa dentro de pouco tempo. Entro em grande atividade e salto para um comboio. Tenho de me meter com ela por causa do nome Pink Zebra. Parece nome de bar *gay* ou de clube de *striptease*. Mal chego a Roppongi, descubro o Pink Zebra ao fundo de uma colina, no final de uma viela estreita, descendo um lanço de escadas, no subsolo. Não existe nenhum letreiro luminoso para nos guiar, apenas um letreiro desbotado rosa-escuro com o nome em letras cheias de curvas. Entro e lá está ela no palco, a soprar para o saxofone, as bochechas como as dos esquilos, como Dizzy Gillespie no seu trompete. Está a tocar uma música de jazz que não conheço. Veste uma *T-shirt* verde com lantejoulas, uma minissaia de ganga coberta de aplicações coladas a ferro de nomes de marcas como *Coca-Cola* e *Crest* e depois meias pelo joelho das cores do arco-íris, dentro de um par de ténis *Converse* cor-de-rosa. O saxofone está coberto de autocolantes de pandas.

Toca com os olhos bem abertos, com o corpo a mover-se, como se desse vida ao instrumento, ou talvez sejam as notas que lhe dão a ela tanta vida, tanto ardor. Repara em mim no final do seu solo e os olhos iluminam-se como foguetes disparados no 4 de julho. É um farol de luz, um íman; é a própria Tóquio, vibrante, vinte e quatro horas por dia, todos os dias da semana, sem parar, e a néon.

A canção termina, ela aponta para mim e depois toca uns acordes da marcha «The Stars and Stripes Forever». Rio-me e aponto também para ela quando me sento. Bebo uma *Diet Coke* que a empregada me traz, escuto o resto do repertório e, quando termina, Kana salta do palco, senta-se no meu colo, passa-me os braços em volta do pescoço e fita-me com os seus grandes olhos castanhos.

– *O que achaste?*

– Foste espantosa.

– Estou tão contente por estares aqui.

– Eu também.

– Então. – Di-lo como se fosse uma ordem, ao mesmo tempo que me lança um olhar penetrante.

– Então? – repito em resposta.

– Então como correu com a Supermulher a noite passada?

Forneço-lhe os detalhes. Os olhos dela arregalam-se cada vez mais.

– E já estiveste com ela hoje?

Abano a cabeça. Kana dá-me uma palmada, depois sai do meu colo e senta-se numa cadeira ao meu lado.

– Eh! Isso doeu!

– Ótimo. Era para doer. Estás loucamente apaixonado por essa rapariga, ela voa para Tóquio para te contar tudo e tu estás aqui comigo? És um idiota que merece palmadas, muitas, muitas vezes!

Ergo as palmas das mãos.

Ela coloca as mãos na cintura.

– Vai ter com ela agora.

Abano outra vez a cabeça. Ela olha-me com atenção, encarando-me fixamente e aproxima-se cada vez mais como se estivesse a abrir um buraco em mim com os olhos.

– Kana. Não é assim tão simples!

– *É* assim tão simples.

– Não.

– Sim.

– Não.

– Sim.

– Está bem. Venceste. Porque é assim tão simples?

– Ama-la, certo?

Encolho os ombros.

Ela acena com uma mão.

– Deixa que responda a essa pergunta. *Sim, Kana, amo-a*. Por isso passa à frente.

– Como? Ela tipo escondeu de mim um grande segredo. E, tipo, partiu-me o coração entretanto.

Kana pousa o indicador junto aos lábios e olha para o teto.

– Estou a pensar. Estou a pensar. Espera. Ela estava grávida e não sabia se ia ficar com o bebé quando tudo isto aconteceu? E o teu pai tinha morrido e a tua mãe estava a ficar mais doente por essa altura?

Reviro os olhos.

– Não é fácil ser uma mãe adolescente. Pergunta à minha mãe. A questão, meu amigo americano casmurro, maravilhoso e espantoso, é que ela também tinha muita coisa a acontecer do lado dela. Ambos tinham.

– *Okay*. E daí?

– Danny, tens todo o direito de estar magoado. E todo o direito de a ignorar e de lhe dizer adeus para sempre. Por isso não estou a dizer que ela não te magoou. Mas *estou* a dizer que podes ultrapassar isso. E, mais importante, *consegues* perdoar.

– E se não quiser?

Estende uma mão para me despentear o cabelo.

– Isso são só todos os teus muros a falar. Não é o teu coração.

– E que diz o meu coração? Uma vez que pareces pensar que o conheces tão bem.

Comprime um ouvido contra o meu peito.

– Espera. Creio que o consigo ouvir agora. – Finge escutar outra vez. – Oh, sim, concordo plenamente. – Encosta mais uma vez o ouvido contra mim. – Com certeza. É o que eu penso também!

Afasta-se.

– O que disse o meu coração?

– Quando estiveres preparado, vais ouvi-lo e saberás.

Rio-me.

– Sabes o que é passar tempo contigo?

– É como ter alguém a chamar-te a atenção para as tuas tretas o tempo todo? – pergunta com um sorriso excêntrico.

– Qualquer coisa do género.

– Vai ter com ela amanhã.

– Não. Amanhã Takahashi está de volta. Kana, vens comigo amanhã?

– Para falar com Takahashi? – Parece confundida com o pedido.

– Sim. Quer dizer, não à reunião propriamente dita. Mas vens comigo até ao consultório dele? Como quando levaste a minha mãe a algumas das consultas dela?

– Será uma honra – responde e estou satisfeito por ir contar com a companhia dela amanhã. Estou contente por não ter de ir sozinho.

Depois ela acaba o meu refrigerante e bate com o copo com força sobre a mesa.

– Agora tenho uma coisa para te pedir.

– O que quiseres.

– Quero que me acompanhes a casa e quero que relates.

– Relate?

Acena com a cabeça.

– Sim. Quero ver Tóquio através dos teus olhos. Quero que me digas porque gostas tanto disto aqui.

É o mínimo que posso fazer por ela. Ajudá-la a apaixonar-se pela cidade onde sempre viveu. A cidade que *sempre* amei.

Saímos e quando nos cruzamos com uma rapariga na passadeira, cujos saltos altos se desengonçam dos sapatos muito altos a cada passo que dá, digo para Kana:

– Bem-vinda à terra dos três tamanhos de sapatos. Quase serve, mal serve e não serve nada.

Depois uma discoteca com letreiros vermelhos a piscar, três andares e música *tecno* a escoar-se pelas portas.

– Tóquio, a *verdadeira* cidade que nunca dorme.

A seguir, um grupo de raparigas da nossa idade acelera de repente e corre em direção a uma banca de madeira cor-de-rosa, na esquina, que vende *bubble tea*, chá de bolhas.

– «Notícia de última hora. Há uma escassez de *bubble tea* em Tóquio esta noite. Sue, consta que adolescentes em Roppongi estão a fazer açambarcamento de *bubble tea*.» «Bob, quando foi a última vez que isto aconteceu?» «Bem, Sue, isto lembra-me a grande crise de *bubble tea* em mil novecentos e oitenta e nove...»

Kana ri-se muito, depois esquivamo-nos a um tipo demasiado elegante e com ar superior, que veste um colete às riscas e uma variante de calças de ganga *hipster*, por isso resvalo para outro monólogo, a fingir que sou o tipo *hipster*.

– Aquela miúda das meias arco-íris deseja-me como tudo. Não me consegue resistir com as minhas calças de ganga coladas ao corpo mesmo que Eu. Não. Consiga. Respirar. Com. Elas.

Acompanho Kana o resto do caminho até casa dela e, quando chegamos ao prédio, dou-lhe um abraço e ela aperta-me com força. Continua a agarrar-me e os nossos corpos estão próximos; estamos ligados de alguma maneira e sinto por ela qualquer coisa que não sinto há muito tempo. Mas não é desejo de lhe tocar, de passar as minhas mãos por ela e de a comprimir contra a parede, como quero fazer com Holland. Pode parecer loucura ou uma estupidez, mas sinto que Kana é também minha irmã. Talvez seja a irmã que eu devia ter agora. Talvez seja a minha segunda irmã, para esta fase completamente órfã da minha vida. Talvez uma parte de Laini, a parte que me afastou há muito tempo, tenha reencarnado em Kana. Ou talvez seja a parte de Laini que ainda se interessa que continue agora em Kana.

E o que estou prestes a dizer a Kana não tem nada a ver com Jeremy, nem sequer com *Sandy Koufax*. Não tem intenção de desrespeitar nenhum deles, nem de os atropelar. O que estou prestes a dizer é este momento, este mês, este verão.

– Isto vai parecer totalmente louco, mas sinto que és a minha melhor amiga, Kana.

– Eu também penso totalmente em ti como o meu melhor amigo.

Acredito que fui atraído para Tóquio por causa dela. Acredito, de alguma maneira, que a minha mãe, onde quer que ela esteja, me trouxe aqui para eu poder conhecer Kana Miyoshi. Porque sei que Kana é o que preciso e o que quero.

Durante um segundo sinto qualquer coisa parecida com alegria.

Tento agarrar-me a esse sentimento quando me despeço e regresso à noite em Shibuya.

CAPÍTULO VINTE E QUATRO

Kana está à minha espera na esquina, sentada do lado de fora do café, balançando, para a frente e para trás, indolente, um pé calçado com um chinelo de um vermelho-rubi, ao mesmo tempo que embala uma bebida com aspeto consistente. Espreita na minha direção por cima dos óculos de sol pretos, redondos e grandes, que, juro, têm metade do tamanho do seu rosto.

– Pronto, Freddy?

– Suponho que é melhor estar.

Descemos outra vez para o metro. Conheço já tão bem esta estação, passar pelos torniquetes e saltar para o comboio é como uma rotina, como ligar o piloto automático. Entramos e, quando o comboio se lança pelos túneis do subsolo de Tóquio, percebo que cheguei ao último quilómetro. Takahashi é a última paragem e, seja o que for que ficar a saber por ele, será a última coisa que *há* a saber sobre a minha mãe. Qualquer coisa nesta visita parece ter um caráter ritualista, como um rito de passagem, talvez como a cerimónia de formatura devia ter sido para mim.

– Achas que devia estar preparado para quê?

– Para qualquer coisa que possas vir a saber.

– Misteriosa hoje, Kana?

– Não sei. Talvez. Só sei que tens muita fé neste encontro com Takahashi.

– O que achas que ele vai dizer, ó Sábia?

– Creio que já sabes.

– Sei?

Ela acena com a cabeça e os seus olhos castanhos lembram-me os da minha cadela. Fito-os durante alguns segundos. Tem os óculos puxados para trás; o cabelo preto é como uma cascata de seda em redor do rosto. Tem o cabelo solto hoje, nada de fitas nem travessões.

Já saberei o que ele vai dizer? Já saberei o que a minha mãe queria do médico que foi a sua última grande esperança?

Claro que ela lhe teria pedido que a ajudasse a viver mais alguns meses. *Claro* que seria isso que lhe teria dito.

Mas então por que razão todos aqueles frascos de medicamentos ainda estariam cheios?

Um medo sombrio ergue-se dentro de mim, mas empurro-o para trás. Empurro-o para o lado. Lembro-me de uma coisa que Kana disse no primeiro dia em que nos encontrámos na casa de chá, de como se interessava por histórias, como pareceu entusiasmar-se quando lhe contei a história dos lilases do meu vizinho quando visitámos o templo.

– Queres ouvir uma história? – pergunto a Kana, porque talvez seja nas histórias que as pessoas que amamos ainda estejam vivas.

Anima-se e acena um grande sim. Posso oferecer-lhe esta, como ela me ofereceu tantas.

– Eu jogava basebol no secundário. Não que fosse uma esperança para a *major league* nem nada – digo quando o comboio ziguezagueia numa esquina e nos inclinamos com ele. – Mas era bom e ajudei a nossa equipa a vencer um campeonato distrital no décimo ano. Mas no final do décimo primeiro, dei cabo do ombro.

Kana arqueia as sobrancelhas, esperando que eu me explique.

– Não foi mau. Quer dizer, *foi* mau, porque fiz uma lesão na coifa dos rotadores e não pude jogar no décimo segundo. Fiquei deprimido porque queremos sair na mó de cima. Sabia que o secundário seria a última vez que jogaria e ia perder todo o meu último ano. O que significava que o basebol acabara. E a minha mãe foi fantástica em relação a tudo. Disse todas as coisas certas e levou-me a esse grande cirurgião ortopédico na UCLA para analisar as opções cirúrgicas. Mas não havia qualquer interesse em ir à faca, visto que não ia tentar jogar outra vez. O meu ombro curou-se sozinho com o tempo. Por isso, quando a época começou em fevereiro e eu não estava no campo, nem com a equipa, a minha mãe disse que precisávamos de honrar o final da minha carreira de basebol e também comemorar a minha *nova* vida, sem o basebol. Disse que era como prestar homenagem ao desporto, ao que ele significara para mim. Seria uma forma de agradecer ao basebol.

– Como se o basebol fosse um amigo para ti – comenta Kana.

– Sim, tal e qual.

O comboio para na nossa paragem e saímos. Continuo a contar a história enquanto subimos os degraus do metro e entramos na zona de Asakusa, um dos bairros mais tradicionais de Tóquio, com santuários e lojas e menos vistoso do que os outros sítios onde vamos.

– Assim levámos *Sandy Koufax* ao campo de basebol onde eu jogara o meu primeiríssimo jogo, num pequeno parque de bairro em Venice Beach. Tinha nove anos nessa altura. Eu lançara e tínhamos vencido. E uma vez que a minha mãe guardava todas as recordações possíveis, trouxera fotografias de mim a lançar a bola e da equipa a comemorar depois de termos ganho. E até tinha o meu equipamento e o boné dessa altura.

Abano a cabeça com a recordação, espantado com a tendência da minha mãe para guardar tudo quando se tratava de coisas daquele género.

– Puseste-o? O boné? – pergunta Kana, ansiosa por mais detalhes. Histórias como esta são como *Gatorade* para ela; fortalecem-na como aquela bebida para atletas.

– Não servia, mas pus o boné só para me armar em pateta, suponho. Disse: *Vou parecer incrivelmente estúpido a usar isto, mas esta é por ti, mãe.*

Kana dá-me um murro brincalhão no braço.

– Aposto que ela adorou.

– Adorou – respondo quando passamos por uma loja a vender utensílios de cozinha e grandes facas de aço. – Passou-me uma bola de ténis e disse que iríamos prestar homenagem àquele primeiro jogo fazendo um lançamento para *Sandy Koufax*. Disse à cadela para se sentar na base enquanto eu me encaminhava para o lugar do lançador. Preparei-me para lançar a bola e atirei-a para *Sandy Koufax*. Ela saltou no ar e apanhou-a na boca. Tinha nascido para aquilo. Depois correu para o lugar do lançador, deixou-a cair à minha frente e fitou-a. Era a sua forma de dizer: *Mais*. Lancei-lhe mais umas bolas e eu e a minha mãe só nos ríamos. Depois a minha mãe disse: *Uma coisa passa para outra. Agora o teu braço serve aquela cadela.*

Kana sorri radiante, um sorriso animado e bem-disposto.

– Gosto disso. Gosto da ideia de dizer adeus a uma coisa e de dar as boas-vindas a outra.

– Exato. Era isso tal e qual o que a minha mãe estava a fazer. Também levara um bolo da pastelaria e pratos, garfos e uma faca. Assim, partiu fatias e sentamo-nos junto à base, comemos bolo e olhámos para as fotografias. E deixou a cadela comer também um bocado de bolo. Brincou, dizendo que também ia fazer um bolo para a minha cerimónia de formatura – continuo, acrescentando as aspas no ar que a minha mãe usou na altura, troçando das suas capacidades para fazer ou não fazer bolos. Viro-me para Kana. – Mas isso não aconteceu. Ela sempre disse que estava a aguentar até à cerimónia da formatura, Kana. Sempre disse isso. Mas não chegou lá.

Engasgo-me. Aquele medo sombrio reaparece e não consigo deixar de pensar que já sei por que razão não aguentou. Porque queria comer aquele bolo no campo de basebol na altura. Porque aquele dia era a cerimónia. Porque não creio que o conselho profissional dela de há tanto tempo fosse apenas um conselho profissional. Porque uma coisa passa *realmente* para outra.

– Não. Não chegou. Mas estamos aqui agora – riposta e faz um gesto para uma porta, a mesma porta a que bati com toda a força há mais de três semanas. Vejo nela o nome de Takahashi. – Telefona-me depois.

– Telefono.

Kana acena-me um adeus, depois toco à campainha e espero que o médico me deixe entrar.

CAPÍTULO VINTE E CINCO

Takahashi é alto. Surpreendentemente alto. Tem a minha altura, um metro e oitenta e cinco. Não estou habituado a que os japoneses tenham a mesma altura. Não estou habituado a que a maioria das pessoas tenha a mesma altura. Veste um fato. Um fato cinzento de executivo. Suponho que depois do templo e da casa de chá, estivesse à espera de um mestre *zen* baixo, vestido com alguma indumentária tradicional asiática, talvez num consultório com jardim muito *feng shui* e *zen*.

Em vez disso, o seu gabinete é como uma biblioteca europeia, com mobiliário de carvalho, um sofá azul-escuro e estantes altas forradas com edições encadernadas a couro de livros japoneses e ingleses. Takahashi não me oferece chá, como eu esperava. Em vez disso, abre um armário nas suas prateleiras e coloca uma taça de rebuçados sobre a mesa entre nós. Há sacos de rebuçados dentro do armário. Faz um gesto para a taça de cristal à minha frente. Está cheia de rebuçados de limão e laranja.

– Por favor. Sirva-se – diz e estende a mão para um deles, enfiando um rebuçado de limão na boca. – Sou um apreciador de rebuçados – continua, sentando-se diante de mim.

Eu estou no sofá azul e ele está sentado numa poltrona funda de um vermelho opulento. Sinto-me como se estivesse num psiquiatra.

Nunca entrei no consultório de um psiquiatra, mas suspeito que a sensação deve ser esta. Como sentirmo-nos deslocados. Como se alguém estivesse a tentar pôr-nos à vontade. Mas a verdade é que tudo aqui é como estar num carrossel de chávenas giratórias. Tudo é inadequado, diferente do que eu imaginara. Parece que tenho as mãos peganhentas e tento esfregar as palmas nos meus calções, mas o peganhento está dentro de mim. Está colado a mim, metido ali à força como uma gaveta demasiado cheia que não quer fechar, espremido com tudo o resto, com esperança, com medo, com ânsia e sobretudo com *saber* que isto é o fim da linha. Quero tanto que ele me conte alguma coisa que não sei, alguma coisa que dê sentido à minha vida, como que a minha mãe esteve no seu consultório o tempo todo, o primeiro caso de um método experimental para curar o cancro e vejam: cá está ela, muito melhor agora.

– Embora, em boa verdade, seja na realidade uma dependência. Não consigo conter-me quando se trata de rebuçados.

Estará mesmo a falar comigo sobre rebuçados? Tiro um de laranja para ser bem-educado e guardo-o no bolso para mais tarde. A minha perna está a tremer. Comprimo a mão na coxa para a aquietar. Creio que devo ser eu a falar primeiro.

– Como estava o Tibete?

– Edificante. Trato os pobres e indigentes que estão a sofrer. Ficam agradecidos com a ajuda.

– Imagino que sim.

Chupa o rebuçado de limão, a bochecha a fazer um papo. Deverei perguntar-lhe a seguir se subiu ao monte Evereste? Porque é praticamente tudo o que sei sobre o Tibete, que o grande pico fica perto. Mas não pergunto isso. Ele não vai ao Tibete para subir ao monte Evereste. Aposto que vai lá porque faz parte da sua forma de estar na vida, parte daquilo em que acredita.

– O que faz lá? No Tibete? – pergunto, porque é muito mais fácil dizer isso do que: *A minha mãe parou de tomar os medicamentos?*

Fala-me do seu trabalho lá. Ouço talvez três palavras de vez em quando e, apesar de dizer comigo próprio que me devo concentrar, escutar, lá por dentro estou a esforçar-me por descobrir como lhe perguntar o que mais quero saber.

– Mas suspeito que não é por isso que está aqui – diz ele com amabilidade e quero agradecer-lhe profusamente por acabar com aquele meu suplício de conversa de chacha.

– Não, não é por isso que estou aqui, doutor Takahashi. Tratou a minha mãe – respondo, declarando o óbvio, como se pudesse entrar aos poucos na conversa difícil.

Ele assente com a cabeça e começa a explicar as suas qualificações, a sua abordagem. Mas eu conheço o que ele escreveu, conheço a investigação que desenvolveu, os prémios que recebeu.

– Ela considerava-o um homem da medicina, uma espécie de curador. Como um curador espiritual – continuo, começando devagar, contornando a grande questão.

Acena com a cabeça.

– Sinto-me lisonjeado.

Mas não estou ali para o lisonjear.

– É?

– Um curador espiritual?

– Sim. Mandou-a beber aquele chá. Ela pensou que o chá iria curá-la.

– Procurava todos os tipos de cura – retorque ele e sou levado a relembrar aquela tarde na casa de chá, as palavras de Kana também.

Por vezes, a cura não tem a ver com os nossos corpos.

– Então acredita naquela lenda? Aquela sobre o chá, sobre o imperador e a mulher?

– Acredito que por vezes se acreditarmos que somos saudáveis, somos saudáveis.

– O poder da mente sobre a matéria?

– Há algum fundamento nisso, Danny. Há qualquer coisa na energia do universo, a energia que emitimos, a energia que interiorizamos.

– E isso funciona para o tratamento do cancro? Ou é mais para, digamos, nervos ou dores de cabeça? – retruco e sinto-me logo envergonhado porque pareço tão sarcástico, tão arrogante. Não vim aqui para acusar nem interrogar, mas os velhos hábitos custam a morrer.

Mas, antes de poder pedir perdão, ele fala de novo. Calmo e amável. Todas as palavras escolhidas com cuidado, parece-me.

– Estou a dizer que, se tivermos alguém que quer curar-se, por vezes essa pessoa responde ao não convencional. A mente está mais recetiva à cura, por isso o corpo torna-se mais disposto também. Acredito que os medicamentos, embora uma coisa maravilhosa, têm os seus limites. Que existem respostas que podem ser encontradas no tratamento não convencional. E ela queria isso. Pediu isso. Tratei-a com os medicamentos tradicionais para o cancro e também com ervas chinesas e acupuntura, para minimizar os efeitos da quimioterapia. Estava em contacto com os médicos dela em Los Angeles. Como tenho a certeza que sabe, eles também seguiam este protocolo. E, sim, encorajei-a a ir à casa de chá e a visitar os templos e a abrir a sua mente e coração a novas formas de cura.

– Ela *estava* recetiva à cura. Estava disposta. E mesmo assim não funcionou. – Abro as mãos, à espera de uma resposta. – Então porque continuava a vir aqui todos os meses? Quando o cancro voltou, porque voltou *ela?* O que pensou que ia acontecer? Falava de si como um médico milagreiro. Pensava que ia salvá-la – digo, esforçando-me muito agora por manter a voz comedida, para conter os meus medos mais sombrios. Tenho o maxilar retesado, os punhos cerrados e todos os meus músculos estão tensos, mas desta vez não é por estar zangado. É porque estou aterrorizado com o que ele vai dizer. Estou petrificado com medo de me ir abaixo outra vez. – E quando a minha mãe o consultou pela primeira vez ficou ótima – prossigo com lentidão, racionando cada palavra para me manter controlado. – Estava a passar melhor do que há muitos anos. Tinha tanta certeza que ia livrar-se daquilo.

Tento falar de novo, mas os sons na minha boca são um abismo e eu estou mesmo à beira. De algum modo, lá consigo dizer, no sussurro mais básico:

– *Eu* tinha tanta certeza que a iria salvar. *Eu* queria que a salvasse.

Desejava-o mais do que qualquer coisa. Mais ainda do que Holland.

Olho para ele, mas já não é ele; encontra-se a vinte, trinta, quarenta passos e tudo está a encolher e a expandir-se e não creio que consiga sequer já ver as paredes da sala. Estou a pedalar para trás por cima de tudo o que esperei. Tudo o que desejei nos últimos cinco anos. A minha mãe foi ao México, à Clínica Mayo, a todos os médicos no sul da Califórnia, a Stanford, à Grécia para um tratamento marado que não funcionou. Estava sempre a entrar em remissão e a sair dela. Queria viver; queria conseguir; lutou durante tanto tempo. E depois descobriu-o, a *ele*.

A possibilidade de um milagre.

Mas ele não era apenas a última grande esperança da minha mãe. Também era a minha.

– Se tivesse podido salvá-la, tê-lo-ia feito. Faço tudo o que posso para ajudar os meus doentes. Não é apenas o meu trabalho. É a minha vocação. – Takahashi junta as mãos e inclina-se para a frente na sua poltrona. – E a sua mãe era uma das pessoas mais corajosas, mais resistentes, mais resilientes que já conheci. Viveu mais tempo do que qualquer pessoa pensava que viveria com o diagnóstico que tinha. Em teoria, teria morrido há anos.

O nó sobe na minha garganta.

– Mas era tão forte como o cancro. A maior parte das vezes, era mais forte – conclui.

– Então podia ter durado mais dois meses. Não podia? – pergunto, ao mesmo tempo que o desespero leva a melhor e a minha voz sobe. – Ela queria. Não sabe quanto ela queria? – Empurro a pergunta para ele, atirando-a para as suas mãos e consigo ouvir as palavras a ecoar, mas não apenas as palavras, a *ideia* das palavras, do que significa querer aguentar.

– Ela queria viver, mais do que qualquer pessoa que eu tenha tratado. Possuía a vontade de viver mais forte. E foi por isso que viveu tanto tempo. Era por isso que era tão saudável como era para alguém que tinha cancro. Tenho a certeza de que se consegue recordar que ela estava bem mais vezes do que não estava nos últimos cinco anos?

Penso em pequenos-almoços no mercado do peixe, em passeios com *Sandy Koufax*, em palavras cruzadas preenchidas, em canções que tocava no piano, nas orquídeas que plantava. *Estava* mais vezes bem do que não. Era ridiculamente saudável durante a maior parte do tempo para alguém que estava tão doente.

– Sim.

– Mas, quando piorou, percebeu que o seu tempo estava a esgotar-se. E por isso, Danny, quis curar-se da sua maneira própria, da única maneira que *podia* curar-se nesse ponto.

E assim aqui estou agora. A última coisa.

– Então parou de tomar os medicamentos?

– A maioria sim.

– Estava a tentar quebrar um hábito ou algo do género?

Ele abana a cabeça.

– Não. De maneira nenhuma. Não estava dependente de comprimidos, nem de quaisquer medicamentos. Não se sentia obrigada a eles, mas, mesmo assim, fez uma escolha deliberada, quando os tratamentos terminaram, de parar com toda a assistência médica. Nessa altura, escolheu terminar os seus dias tão livre quanto possível. Queria sentir a vida e a morte como achasse melhor.

– Quando a mandou à casa de chá, então não foi por causa da lenda, certo? – pergunto, apesar de a pergunta doer quando se forma na minha garganta.

Ele anui.

– Tem razão. Não a mandei lá por causa da lenda do chá. Não a mandei lá por causa dos poderes místicos do chá Tatsuma.

Comprimo os lábios e depois falo.

– Mandou-a lá para alcançar algum tipo de paz, não foi? Paz de espírito. Era essa cura que ela procurava?

– Sim. Sim, foi isso. E, sim, era isso que ela procurava.

Sei que tenho de fazer a pergunta final. Sei que *este* caminho leva a *esta* pergunta. E creio que sei a resposta. Tem andado ali latente nestas últimas três semanas e é a coisa que tenho temido. A resposta que sempre empurrei para o lado. Já não posso afastá-la mais.

– Ela disse-me sempre que estava a aguentar para me ver terminar o secundário. Era por isso que lutava e vivia. Disse-me que a razão por que lutou contra o cancro durante cinco anos foi para chegar à minha cerimónia de formatura – digo, mas, quando as palavras saem, consigo perceber, por fim, como são pequenas, como são ocas à luz de tudo o que a minha mãe abraçou, tudo o que era. Mesmo assim, preciso de sair do outro lado. – Mas não creio que ela estivesse a aguentar mais, pois não? – pergunto, mas sei a resposta. *Eu* é que estava a aguentar nessa altura. *Ela* é que estava pronta para partir. – Ela parou de se agarrar à vida, não foi?

Há uma pausa, tão silenciosa que é como se o gabinete dele fosse agora o templo, tão calma que consigo sentir incenso a espalhar-se.

– Disse-me que estava pronta – declara o médico. – Disse que estava pronta para morrer. Que não queria aguentar mais.

Durante um segundo, apetece-me perguntar se foi suicídio. Se ele é apenas outra versão do Dr. Kevorkian. Mas não o faço. Porque não foi, ele não é e ela nunca faria isso. Em vez disso, digo o que receara ser verdade. O que *sei* agora ser verdade. Uma coisa que neguei e de que fugi, mas que entendi por fim antes de entrar no gabinete. Uma coisa que me aterrorizava há alguns momentos. Mas uma coisa que também sei que consigo finalmente dominar.

– Ela veio ter consigo primeiro para tratamento e depois para libertação.

Ele acena com a cabeça, o tipo de aceno judicioso do homem sábio.

– Sim. Estava pronta para avançar. Veio aqui à procura de paz, para ser desmamada dos medicamentos de uma forma que fosse segura, para poder morrer como achasse melhor. Para poder procurar consolo no mundo à nossa volta. – Faz um gesto para as janelas do seu gabinete, um gesto que entendo indicar os templos lá fora. – Para se reconciliar com o prosseguir da viagem. É uma dádiva, de certa forma. Passamos tanto do nosso tempo a lutar contra a morte, como devemos. Mas, por vezes, a maior dádiva que nos podemos oferecer e, em consequência, às pessoas que amamos, é saber quando largar. Saber quando está na hora e ficar em paz com isso.

Talvez afinal de contas ele seja um curador da fé. Porque parece que o que a minha mãe encontrou em Tóquio, mais do que tudo, foi uma nova fé. Fé nos caminhos do budismo; fé na convicção de que tudo acontece como devia, no momento próprio, que avançamos de uma fase da vida para a seguinte, quer o comemoremos com uma cerimónia quer não.

Para ela não havia mais resistência, apenas prontidão, apenas o deixar ir.

Dói saber aquilo. Mas também *não* dói como pensei que fosse doer. Porque entendo por fim. Nunca teve na realidade a ver com os comprimidos. Nunca teve na realidade a ver com o chá ou com os tratamentos. Teve a ver com o avançar para outra fase.

Levanto-me e estendo a mão para apertar a de Takahashi. Foi a última grande esperança da minha mãe e foi sempre assim que o vi também. Mas agora compreendo quem ele é e o que foi. Porque agora percebo finalmente todas as coisas que me fizeram vir a Tóquio, todas as coisas que não sabia sobre ela:

Que Takahashi foi não só a sua última esperança de vida, mas também a sua grande esperança de uma morte serena.

CAPÍTULO VINTE E SEIS

Já saí, estou de volta à rua que desci há apenas uma hora. Sou só eu agora, eu e esta cidade, este lar adotado que sempre amei, que ainda amo. Asakusa não é Shibuya. Não é néon, luzes e flaches. É mais subtil: é bambu e templos; é quimonos e sandálias. É uma comprida viela comercial com lojas abertas e carrinhos de vendas e pessoas a circular à procura de algas e peixe, bolachas de arroz e biscoitos fininhos molhados em chocolate. Dou por mim a caminhar por esta galeria comercial, a integrar-me no fluxo de pessoas, os lojistas e os trabalhadores, as famílias a passar e os turistas a escolherem leques dobrados e estatuetas miniatura de gatos vermelhos.

Uma japonesa mais idosa com cabelo grisalho e rugas em redor dos olhos faz-me um aceno quando passo pela montra de bolos *mochi* que está a vender. Paro, procuro alguns ienes no bolso e compro um pacote de *mochi* recheados com morangos. Como um enquanto continuo a andar, passo por uma pequena loja que vende casacos bordados, depois por lojas de recordações que vendem réplicas minúsculas de um templo ali perto, o templo mais antigo de Tóquio, construído para a deusa da misericórdia. Já estive muitas vezes no templo, em viagens com a família.

Mas não é o templo nem as visitas que recordo agora quando passo por homens em bicicletas com sacos de compras em cestos de metal, por mulheres a empurrar carrinhos de bebés, por toda esta vida normal de todos os dias.

Toda esta vida bela, maravilhosa, espantosa, de todos os dias.

Recordo algumas das últimas palavras que a minha mãe me disse. Estava deitada no sofá da sala, debaixo de um cobertor, a fazer festas a *Sandy Koufax*.

– Obviamente que vou faltar à tua cerimónia de formatura. – Depois ficou séria, mas também conformada. – Mas, de algum modo, será como se lá estivesse. Já imaginei como seria, construí-a na minha mente. E assisti a ela. Bati palmas, dei vivas e chorei. E tenho orgulho em ti. A vida é curta, a vida é bela e tudo é adorável. Ama-a, aceita-a, cheira os lilases, brinca com a cadela e ama infinita e intensamente com tudo o que tiveres. Vive sem remorso.

A vida da minha mãe foi tudo o que pôde ser. Assegurou-se disso. Assegurou-se disso da forma como viveu e da forma como amou.

Porque não havia cura mágica. Não havia remédio secreto, nenhuma poção antiga para a salvar, para salvar alguém. Mas depois *houve*. *Há* e sempre haverá. A cura mágica está na forma como viveu a sua vida e ainda mais na forma que escolheu para morrer quando lhe foi dada essa escolha. A minha mãe, mesmo na sua morte, mostrou-me ainda uma outra vez como viver e como amar.

É esse o segredo. É essa a cura.

Já não sou o que ficou para trás. Sou o que vive. E quero tudo o que esta vida tem para oferecer.

Paro durante um segundo e olho em volta para todas as lojas, armazéns e bancas. Para todas as pessoas que vão à sua vida, para todos os momentos que estão a viver.

Isto é o que eu quero.

Quero viver todos os momentos. Quero sentir tudo. Quero amar uma rapariga.

Quero descer esta rua com Holland. Quero mostrar-lhe as lojas, quero levá-la ao mercado do peixe, quero comprar-lhe anéis e pulseiras e todas as coisas patetas que ela gosta, quero partilhar estes bolos *mochi* com ela, quero apresentá-la à minha nova melhor amiga e quero sair com ambas. Quero estar com Holland aqui, como planeámos. Há tantas noites atrás, na minha casa, na minha cama, quis que ela viesse ter comigo. Não veio ter comigo na altura, mas veio ter comigo agora e não somos as mesmas pessoas que éramos da primeira vez, nem sequer há algumas semanas. Somos diferentes, mas podemos ser diferentes juntos. Porque é nisto que *eu* acredito: que as segundas oportunidades são mais fortes do que segredos. Podemos deixar ir os segredos. Mas uma segunda oportunidade? Não deixamos que isso nos passe ao lado.

Marco uma série familiar de números e carrego em Chamar. Ela atende ao segundo toque. Parece nervosa quando profere o meu nome.

– Danny.

– Lembras-te como a minha mãe estava sempre a dizer que queria recordar a sua vida e saber que fizera tudo o que podia?

– Claro que me lembro disso.

– Como, quando uma vez me foi buscar à escola mais cedo para irmos surfar quando eu estava no nono ano, me disse: *Isto vai ser uma das coisas que recordaremos no fim e ficaremos contentes por ter feito*. Embora nenhum de nós fosse muito bom a surfar. Mas estavam vinte e oito graus, não havia uma nuvem no céu e ela sentia-se bem naquele dia, por isso fomos e surfámos um par de ondas. E como ela pedia sempre o *latte* com leite meio gordo em vez de magro, dizendo: *Em última análise, tenho a certeza que não vou desejar ter bebido mais* lattes *de leite magro*. E quantas viagens ela fazia. Dizia sempre que, quando chegasse ao fim da vida, não se arrependeria de uma viagem a Itália, ou a Barcelona, ou a Tóquio.

– Isso é tal e qual a tua mãe.

Levanto os olhos para o céu. Não tem nuvens, como naquele dia em que a minha mãe e eu fizemos gazeta no oceano.

– Onde estás agora?

– Estou no Palácio Imperial. Bem, cá fora. A passear nos jardins.

Claro. Holland. Jardins. Combinam.

– Esperas aí por mim? Levo vinte minutos a chegar. Tenho de apanhar o metro.

– Claro que espero por ti.

Os minutos mais intermináveis que já passei escorrem como lama enquanto espero pelo próximo comboio. Ando de um lado para o outro na plataforma, como um animal enjaulado, e espreito para os túneis. Quando aparece a luz do próximo comboio, apetece-me estender os braços, esticá-los a todo o comprimento e puxar o comboio para mais perto. Para por fim e as portas abrem-se. Precipita-se por algumas paragens e, minutos depois, estou a correr pelas escadas acima, a subir os degraus a dois e dois, e depois a atravessar a rua a correr, segundos antes de o semáforo passar para vermelho, os carros e táxis apenas a poucos passos de mim.

O Palácio Imperial surge à distância. Acelero através das multidões do final da manhã no parque que ladeia o palácio. Ou, na realidade, o parque que ladeia o fosso que ladeia o palácio. *Percebo* por que razão o imperador precisa de um fosso; concordo totalmente em manter as pessoas afastadas. Mas já não preciso de um fosso; não o quero. Atravesso o parque e descubro o caminho para os jardins. Corro pela borda do lago, evitando os turistas a tirarem fotografias das árvores musgosas, dos arbustos de um verde luxuriante e da água lânguida. Na extremidade mais distante do lago ficam as cerejeiras, os ramos despidos a refletirem-se no lago.

Avisto-a. Encontra-se junto à água, folhas de nenúfar a flutuarem perto. Está a falar com um casal corpulento e mais velho, é óbvio que são turistas com as suas camisas havaianas a condizer e ténis brancos. Tem uma máquina fotográfica na mão e mostra-lhes uma fotografia na parte de trás da máquina. Devolve-lhes a máquina, eles sorriem e agradecem-lhe. Afastam-se, ela vê-me e o seu rosto ilumina-se. Veste uma *T-shirt* branca de decote em V, calções de ganga, chinelos de dedo, uma tonelada de pulseiras de prata e o anel da estrela. O cabelo é de um loiro estival, ondulado de novo.

Aproximo-me, ela faz o mesmo e tenho a certeza que o meu coração está a bater fora do meu corpo. Apetece-me apertá-la com toda a força, mas primeiro há coisas que precisam de ser ditas.

– Desculpa ter sido tão parvalhão na outra noite.

Ela abana a cabeça.

– Não foste.

– Sim. Fui.

– Nada disto é remotamente normal. Não é que não haja um milhão de maneiras de eu poder ter feito isto melhor. Ou ter-te contado de forma melhor.

– Pois, mas fizeste um voo longo até cá e eu nem sequer consegui falar contigo.

– Então fala comigo agora – retorque, com uma voz tímida e nervosa. – Se quiseres.

– Quero. Quero mesmo.

Encaminhamo-nos para um banco sob uma árvore frondosa a alguns passos. Nenhum de nós diz palavra durante um minuto e talvez seja porque *nós*, seja lá o que fôssemos, seja lá o que possamos ser, é tão frágil, ou talvez seja outra coisa qualquer. Talvez seja porque ambos sabemos que existe alguma coisa que precisa de ser feita e dita.

– Tens as fotografias dela contigo? As fotografias de Sarah?

– Sim. Queres vê-las?

– Sim. – Estou pronto.

Abre o fecho da mala que tem ao ombro, uma coisa de lona preta, e tira um envelope castanho. O céu está de um azul límpido e o sol escalda. Mas o ar é fresco debaixo da árvore; não estamos a assar ao calor do meio do dia aqui neste banco.

– Isto é esquisito? – pergunta ela. Parece tão vulnerável aqui comigo, muito longe de tudo o que conhece, o seu relógio interno ainda baralhado em muitas horas.

– Não – tranquilizo-a.

Mas é esquisito. Preparo-me, vendo-a puxar a aba do envelope. Não sei o que esperar. Em parte espero algo macabro, algo mórbido, apesar de ela ter dito que as fotografias eram de Sarah viva. Mas eu nunca a conheci viva, por isso só consigo pensar num bebé morto. Holland abre um álbum de fotografias de pele, fino. É um álbum pequeno, do tipo que só leva algumas fotos.

Segura-o aberto no colo e aponta para a primeira fotografia. É a preto e branco, uma foto de ecografia. Leio o que está escrito na margem branca: vinte e duas semanas.

Vira a página. É um grande plano da barriga dela, redonda mas não enorme.

– Tinha vinte e quatro semanas. Tirei-a eu – explica com um encolher de ombros, como se pedisse desculpa pelo ângulo.

A foto seguinte é de Holland numa cadeira de hospital a segurar uma minúscula criaturinha embrulhada num cobertor branco de bebé. Só se vê o cocuruto da cabeça do bebé, um pouco de cabelo escuro na cabeça. Quando lhe vejo o cabelo, sinto que me falta de novo o ar. A fotografia é tal e qual a que descobri no quarto da minha mãe, mas estou a vê-la agora a uma luz diferente, estou a olhar para ela e a saber exatamente o que é. A minha filha. E a minha filha tinha o meu cabelo.

– Tem o meu cabelo. – Não parece que as palavras tenham sido ditas por mim.

– Pois tinha – responde Holland e toca ao de leve com a mão na parte de trás do meu cabelo, como se se recordasse, como se tocar no meu cabelo voltasse a ligá-la a mim.

Devolve a mão ao álbum de fotografias e vira de novo a página. Na foto seguinte, Holland está a sorrir. Parece exausta, o cabelo numa confusão, mas tem Sarah nos braços e o fotógrafo apanhou ambos os rostos, mãe e filha. Sarah é minúscula, tem os olhos fechados, mas está toda ali, todas as partes, lábios, faces, orelhas e nariz.

– Dormia a maior parte do tempo, mas nesta fotografia na incubadora, consegue-se ver os olhos dela – diz Holland e mostra-me uma das últimas fotografias.

Sarah está rodeada de tubos e fios, mas está acordada, com uma testa enrugada e brilhantes olhos cinzentos que fitam a objetiva. Há salpicos de azul à volta do cinzento.

– Ia ter olhos azuis, não ia?

Holland assente.

– Creio que sim.

– Como tu.

– Sim. Como eu. E cabelo castanho como tu.

Holland fecha o álbum de fotografias. Estou à espera que chore, mas não. Parece serena. Parece bem com tudo isto, com o facto de me ter mostrado as fotografias, com termos falado sobre Sarah.

– Então o meu gene do cabelo castanho venceu o teu loiro recessivo. Mas os teus olhos azuis recessivos bateram os meus castanhos.

– Parece que ficámos empatados.

Depois numa voz mais baixa, digo:

– Ela era amorosa. Era bonita.

– Era nossa.

– Quem sabe como teria sido – comento.

– Tenho a certeza que teria sido muito meiga. E muito divertida, como tu. Montes de piadas sobre o restaurante Captain Wong.

– E teria sido fácil falar com ela, como é contigo.

– E boa e conscienciosa. Teria sido conscienciosa – continua Holland, embora eu não tenha muita certeza se ultimamente tenha sequer estado próximo de ser consciencioso.

– E atenciosa. O tipo de pessoa que se lembraria de podar as orquídeas.

– E os rapazes teriam ficado loucos por ela – diz Holland a brincar.

– E eu teria detestado todos esses rapazes e não teria deixado nenhum deles aproximar-se dela.

– Claro. Mas não terias tido de te preocupar. Porque ela só teria olhos para o rapaz que amava desde a escola primária.

– Seria? – Afasto o álbum de fotografias de Holland e pouso-o com cuidado sobre o banco. Somos só nós agora.

– Sim. Tal como aconteceu com a mãe dela.

– Foi isso que aconteceu com a mãe dela? – Passo-lhe um dedo pela palma da mão.

– Sim. Perdeu-se de amores por esse rapaz. Ninguém mais teve qualquer hipótese, porque se apaixonou pelo rapaz da casa ao lado há muito, muito tempo. Bem, da casa que fica a alguns quarteirões. Mas, mesmo assim, parecia que era a casa ao lado.

– E então o rapaz?

– Tenho esperança – começa, os nervos a insinuarem-se na sua voz e o que diz a seguir transforma-se numa pergunta – que ele tivesse estado apaixonado por ela a vida toda também.

– Totalmente. Como uma doença. Uma doença que lhe consumiu o coração e o transformou em gelo.

– Por estranho que pareça, ela ainda o ama, apesar de ele estar sempre a chamar-lhe uma doença.

Toco-lhe a seguir nas pulseiras e depois passo-lhe os dedos pelo braço, saboreando a sensação da sua pele quente. Estendo uma mão para o cabelo. Ela encosta-se à palma da minha mão e fecha os olhos. Passo-lhe o polegar pela face, pelo rosto, o seu rosto perfeito, belo e deslumbrante que eu poderia tocar e beijar a minha vida inteira.

Os meus lábios encontram os dela. São tão macios como me recordava e de um sabor espetacular.

Afastamo-nos durante um segundo e olhamos um para o outro, trocando sorrisos loucos. Depois, ela aproxima-se para outro beijo, colocando-me as mãos nas faces como se eu fosse dela, como se me reclamasse, e beija-me, com força e com uma intensidade fora deste mundo, ou talvez seja claramente *de* este mundo.

Beijar de novo assim, creio que é seguro dizer que estou totalmente, cem por cento, feliz.

Mas, apesar de querer fazer-lhe tantas coisas neste preciso momento, obrigo-me a concentrar-me noutra coisa.

Uma cerimónia, um ritual.

– Tenho uma ideia – declaro e quando conto a Holland, os olhos dela reluzem de humidade, mas diz que sim.

CAPÍTULO VINTE E SETE

Holland espera numa loja de sapatos na rua, perto do meu apartamento. Não a deixo subir, porque nos conheço. Se estivermos sozinhos atrás de uma porta fechada, não sairemos. Vou até ao peitoril da janela e tiro uma pedra lisa e achatada do tamanho da palma da minha mão da base de uma das plantas mais *zen*. Pego num marcador *Sharpie* e deixo-o cair e à pedra dentro de um saco de plástico. Por fim, vou buscar o envelope com as sementes de lilases que Holland enviou à minha mãe.

Fecho a porta, vou ter com Holland e dou-lhe a mão quando atravessamos Shibuya em direção às vielas estreitas e ruas secundárias que conduzem à casa de chá Tatsuma. A casa de chá está fechada hoje e não podemos entrar. Mesmo assim, conto a Holland a história que Kana me contou. Bem, as partes de que me lembro.

– Adoro isso. É maravilhoso.

Aceno com a cabeça.

– É uma história de amor.

– Gosto de histórias de amor.

Depois partimos para o metro. Descemos a voar cinco lanços de escadas até à plataforma mais baixa. Tenho a minha mão nas costas dela e observo-a a olhar para os cartazes de mulheres japonesas a escrever romances em telemóveis e imagens de homens japoneses a beber bebidas energéticas. Estou outra vez nervoso; é apenas um metropolitano. Mas é *mais* do que um metropolitano. É um metropolitano em Tóquio e quero que ela goste disto aqui. Quero que se apaixone por esta cidade. A *minha* cidade. Engraçado como vim para Tóquio para me ligar de novo com a minha família, mas encontrei uma coisa muito mais simples, uma coisa de que nem sabia que andava à procura. Mas está aqui, à minha volta: nas ruas, nas lojas, nos metros. O meu lar.

Saímos no mercado do peixe e subimos as escadas até às bancas de comida. Algumas estão fechadas, visto já ser tarde, mas *aquela banca de comida* está aberta e Mike está a trabalhar.

– Longo dia, meu? – pergunto.

Ele acena com ar cansado.

– O costume?

– Vou deixar a senhora escolher primeiro – digo e volto-me para Holland.

Ela pede atum e arroz e eu peço o mesmo. Conto-lhe da minha mãe, como vinha aqui todos os dias quando estava em Tóquio e como comíamos aqui juntos quando eu estava com ela.

A seguir atravessamos a cidade até ao templo. O templo da minha mãe agora, pelo menos é assim que penso nele. Entramos e inclinamos a cabeça em sincronia diante de Buda.

– Ela também costumava vir aqui. Penso que este lugar lhe ofereceu paz.

– Consigo vê-la aqui. Consigo sem dúvida vê-la aqui.

Saímos do templo e fazemos a nossa última paragem. Nada de metro desta vez. Apenas um curto trajeto até ao cemitério atrás do templo.

Tiro a pedra e o marcador do saco. Na pedra escrevo um nome: *Sarah St. James*.

Passo-a a Holland. Ela escreve duas datas. Depois enfia a mão na mala preta e tira um pedaço minúsculo do cobertor de bebé de

Sarah. Estava dentro do envelope castanho com as fotos. Coloco a pedra no solo: uma placa, uma lápide improvisada ao lado dessas outras lápides. Holland enfia o pedaço de cobertor por baixo da pedra.

Juntos salpicamos sementes de lilases à volta da pedra. Não se desenvolverão; sei disso. Não crescerão nem se transformarão num arbusto de lilases daqui a alguns anos. Para um arbusto de lilases crescer, temos de plantá-lo, regá-lo e todas essas coisas. Mas não é disso que se trata aqui.

Pego na mão de Holland. Ela aperta a minha em resposta.

– Cheira-me a lilases por todo o lado. E não me refiro ao cheiro das sementes.

– Eu sei – respondo. – Também sinto o cheiro.

– Vai parecer esquisito, mas os lilases não têm uma época diferente aqui no Japão?

Abano a cabeça.

– Não. Mas às vezes estão simplesmente por todo o lado. E é assim que as coisas se passam.

Quando nos afastamos o aroma dos lilases persiste no ar.

* * *

Estamos de volta ao meu apartamento e, quando lhe abro a porta, sinto-me como se tivesse tomado demasiada cafeína ou como se fosse o meu aniversário e eu só quisesse mesmo abrir os meus presentes. A porta fecha-se com um clique e, segundos depois, já estamos no meu quarto e eu estou a deitá-la no meu *futon* branco. Digo comigo mesmo que tenho de ir mais devagar, não lhe arrancar as roupas, fazer as coisas com calma porque temos tempo. Além disso, ela tem um aspeto tão deslumbrante aqui na minha cama e quero perder-me nela.

– Posso despir-te?

– Por favor, despe-me – diz ela.

É o que faço, tiro-lhe as pulseiras, a *T-shirt*, os calções e tudo o resto. As roupas dela estão espalhadas no meu *futon*, marcando a minha cama. Quero as roupas dela sempre na minha cama. *Sempre.*

Paro para olhar para ela. Está nua e é uma visão muito bela. Passo uma mão pela parte de trás da perna dela, radiante por lhe tocar outra vez, por poder fazê-lo. O corpo dela move-se contra a minha palma e ela ofega, um suspiro suave e prolongado. É tudo tão dolorosamente familiar e tão incrivelmente novo ao mesmo tempo.

– Posso beijar-te?

– Beija-me, por favor, Danny.

Começo no tornozelo e ela treme sob os meus lábios. Levanto os olhos e ela olha para baixo, para mim, e cruzamos olhares durante um instante. Depois ela sussurra, *Não pares*, e eu familiarizo-me de novo com os joelhos dela e com as suas coxas, a sua barriga e as suas ancas e tudo o resto no meio. Ela repete o meu nome vezes sem conta e é quase de mais. Mas estou à altura da tarefa.

Depois, as suas faces estão afogueadas e tem aquela expressão contente e atordoada no rosto.

– Olá – sussurra.

– Olá.

– Também senti falta disso.

– Estou contente por recuperar todo o tempo perdido.

Antes de avançarmos mais, pergunto:

– Então devemos usar dois preservativos ou algo do género desta vez? Sabes, só para jogar pelo seguro.

– Estou outra vez a tomar a pílula – responde e eu ergo uma sobrancelha. – Não para *isso*. Os médicos aconselharam-ma depois. Para voltar tudo ao normal. Ufa. – Tapa os olhos com as mãos.

– Ei – digo e tiro-lhe com meiguice as mãos dos olhos. – Está tudo bem.

– Eu sei. Só não quero que penses que estou a tomar a pílula por outras razões. Não estive com ninguém depois de ti.

Sorrio em resposta e depois beijo-lhe as pálpebras.

– Ótimo.

– Mas, sim, devíamos usar também um preservativo.

Ergo os polegares na galhofa.

– Proteção dupla, duplo divertimento.

É ainda extraordinário, ou talvez seja ainda melhor, porque aqui estamos nós outra vez e parece que não conseguimos parar de voltar um para o outro. Não quero parar, não com ela, nunca. Porém, quando acaba e estamos deitados ao lado um do outro, não me sinto descontraído, porque tenho medo que ela se vá embora, desapareça pela porta fora e nunca mais volte.

– Holland, por favor, não me deixes outra vez.

– Não fujo outra vez. – Depois baixinho, timidamente. – Sou tua, Danny.

Estende o braço para a minha mão, aperta-a na dela.

– Então promete – peço. – Promete-me que, se alguma coisa acontecer, como Sarah, me contarás. Que me darás a oportunidade de resolver as coisas contigo. Não tens de estar sozinha.

– Sei isso agora. Sei. E não te deixarei sozinho quando as coisas são difíceis para ti, como fiz antes. Prometo.

Quero registar este momento, capturá-lo para o resto da minha vida. Sei que não existem garantias, não na vida, não no amor. Mas aceitarei o que posso conseguir; aceitarei o que posso *dar*. Outra oportunidade.

CAPÍTULO VINTE E OITO

Aos domingos, no verão e na primavera, Holland ia com a minha mãe ao mercado dos agricultores. Levavam os seus sacos de lona e compravam pães com nozes e mirtilos, pêssegos regados com mel, cerejas maduras e flores, montes de flores. Compravam ramos grandes e pequenos do que fosse mais típico da época. Holland colocava as suas flores em jarras pela sua casa; a minha mãe fazia o mesmo na nossa casa.

– É como viver em Amesterdão – declarou a minha mãe quando regressou com túlipas cor de laranja.

Foi apenas alguns dias depois de Holland e eu termos trocado o nosso primeiro beijo. Ainda não tínhamos dito nada; não éramos oficialmente um casal.

– Túlipas! Túlipas por todo o lado. Estamos a viver na Holanda – acrescentou a rapariga que recebera o nome do país.

– Estamos a transformar esta casa nos nossos próprios Países Baixos – observou sarcástica a minha mãe.

– Somos como os holandeses!

Foi a vez de Kate se intrometer:

– É óbvio que vocês as duas estiveram a praticar as vossas alcunhas.

– E olha, trouxemos umas zínias para plantar. Vão florescer a tempo do dia do trabalho em setembro – disse a minha mãe. – Vão ficar lindas.

A minha mãe e Holland foram para as traseiras e começaram a trabalhar no jardim da minha mãe, a cavar, a plantar e a sujar as mãos. A dada altura, postei-me junto às portas de correr de vidro a observá-las. Holland estava ajoelhada no solo, as mãos na terra. Levantou os olhos, reparou em mim, fez-me um aceno de cabeça e piscou-me o olho. Inclinei a testa para ela, com um sorriso leve em resposta e depois voltei para dentro.

Nesse dia, mais tarde, quando Holland já voltara para casa, a minha mãe afundou-se no sofá e disse:

– Foste apanhado, Danny. Quanto tempo achavas que eu ia levar a perceber que estás envolvido com Holland?

Era como o gato que apanhou o rato e estava muito contente com a caçada.

– Não sei de que estás a falar.

– Negar não te vai levar a lado nenhum – brincou. – Desbobina lá.

– Mãe, não sejas assim. Não te vou contar nada.

– Ah, ah! Então *há* alguma coisa para contar! Eu sabia, eu sabia.

Encolhi apenas os ombros e sorri, uma forma de admitir.

– O que queres para jantar? Queres que faça umas sandes ou algo do género?

– Está bem – respondeu ela e eu trouxe-lhe um prato com uma sandes de pão de trigo com peru. – Não podias ter escolhido melhor.

– Gostas assim tanto de peru, mãe?

– Sabes do que estou a falar.

– Sei. Sei do que estás a falar.

Estou contente por a minha mãe ter aprovado Holland. E neste momento acho que quero que Kana também aprove Holland. Estamos num restaurante antiquado de massas asiáticas, em Shibuya, a almoçar. Estamos sentados em mesas de ripas de madeira e rodeados por executivos e executivas que sorvem ruidosamente as suas massas, aprovadores.

Holland tapa a boca com a mão e tenta reprimir um bocejo.

– Danny disse que tenho cura asiática secreta para *jet lag*? – pergunta Kana, quando o empregado traz as nossas tigelas de massa. Di-lo com um sotaque japonês cerrado, a troçar de si própria.

– Não é *jet lag* – declaro com orgulho.

Holland ri-se e depois aponta para mim.

– Rapazes americanos. O que se pode fazer?

– Ainda bem que eu sabia que ele – Kana aponta o polegar para mim – estava loucamente apaixonado por ti logo desde o início. Foi muito mais fácil evitar envolver-me com ele.

Holland sorri.

– Tenho a certeza que foi difícil resistir-lhe.

– *Horrível!* Todos os dias era como arrancar flechas do meu coração – retorque Kana em tom dramático e depois mima o processo de remover essas flechas.

– Oh, ah-ah – digo, mas estou contente por gostarem uma da outra, porque nunca se sabe com raparigas. Nunca se sabe se uma pensa que a outra está a entrar no seu território. A ideia de eu ser território para qualquer delas é risível, mas gosto que cada uma destas raparigas possa ter o seu direito sobre mim, um direito diferente, mas ainda assim um direito.

Quando terminamos o prato de massas, Kana pergunta se Holland já provou o bolo fofo. Holland diz que não.

– Isso é um pecado. E tem de ser corrigido. Mas existem outros pecados que têm de ser corrigidos primeiro, a começar por esses chinelos de dedo que estás a usar, menina Holland. – Kana volta-se para mim. – Danny, encontramo-nos contigo no sítio do bolo fofo dentro de trinta minutos. – Enfia o braço no de Holland e escolta-a para fora do restaurante.

Estou sozinho de novo e há uma coisa que preciso fazer. Uma coisa que devia ter feito há muito tempo. Volto a pé para o meu apartamento, o *meu* apartamento, a minha *casa*, é fácil dizê-lo agora porque é *aqui* que vivo, e abro o armário dos medicamentos da minha mãe pela primeira vez desde a noite em que cheguei. Os frascos dos remédios ainda lá estão. Levo-os a todos para a cozinha e despejo o conteúdo de cada um deles no caixote do lixo. Afinal, desfazer-se de medicamentos não é assim tão complicado. Pesquisei as diretrizes *online*. Deve-se apenas misturar os comprimidos com «indesejáveis» como borras de café ou areia sanitária de gatos e depois atirá-los para o lixo. Não tenho areia sanitária nem restos de café, mas acho que o lixo geral também é indesejável. Estou prestes a atar o saco quando penso noutro frasco que esqueci. Só que este é meu. Vou até à sala, onde guardo os meus analgésicos. Fito o frasco com nostalgia durante um segundo, recordando a sensação, a forma como estes comprimidos me tiravam a dor, a forma como me levavam para longe. Vou sentir a falta do escape. Mesmo assim, despejo os que sobraram no lixo e atiro o saco para o incinerador do edifício.

Retomo o meu caminho para o café do bolo fofo e logo Holland e Kana vêm ter comigo. Holland usa meias às riscas das cores do arco-íris até aos joelhos e um novo par de ténis *Converse* cor-de-rosa. Tem um ar perfeitamente adorável.

Kana estende o braço como se me estivesse a apresentar Holland com a sua nova indumentária.

– Conheces o ditado – diz Holland. – Em Roma...

Os dias seguintes passam a voar. Holland está comigo o tempo todo. Às vezes, ficamos em casa e dormimos juntos e às vezes tomamos o pequeno-almoço no mercado do peixe. Depois passeamos nos jardins à tarde, deambulamos pelas lojas e ela compra pulseiras e *sushi* de plástico para a mãe. Uma tarde, encontramo-nos com Kana, damos-lhe as perucas que chegaram por fim e ela põe de imediato a azul elétrico. Nesse mesmo dia, mais tarde, telefono a Jeremy e digo-lhe que pode ficar com o piano, que é todo dele agora e ele solta um *yes* vitorioso. Depois, quando Holland e eu caminhamos pelas ruas laterais, perdendo-nos no labirinto de vielas e, encontrando o caminho de novo, ela pergunta quando volto para a Califórnia. Paro e considero a ideia. Não é a primeira vez que me ocorre. Porque a questão é que não consigo imaginar regressar à Califórnia. O meu lugar é aqui.

– Para falar com franqueza, não sei. Gosto disto aqui. E creio que conheço uma forma de trazer *Sandy Koufax* para aqui também. Para o resto do verão. Pensei em ficar pelo menos até a faculdade começar.

Ela anui com a cabeça.

– Então sabes aquela promessa que fiz? Não guardar segredos de ti?

Preparo-me. Agora não. Não depois de tudo isto.

– Bem, poderá ser uma boa altura para te dizer que comecei a procurar faculdades em Los Angeles. A ver como posso pedir transferência.

– Verdade? – Não me dou ao trabalho de esconder o enorme sorriso.

– Pois. *Verdade*. Há algumas boas opções para mim este outono. O que pensas disto?

Passo-lhe uma mão pelo braço.

– Penso que se estás *mesmo* a falar a sério sobre frequentares a faculdade em Los Angeles, então devias passar mais algumas semanas aqui. Com esse rapaz por quem estás interessada. E a cadela dele.

– Bem, já me tinhas cativado com a questão do rapaz. Mas a cadela também? Nada pode ser melhor.

– Isso é um sim?

– É sempre um sim.

Passada uma semana, *Sandy Koufax* chega num avião particular, bem descansada e pronta para apanhar bolas de ténis. Agradeço à cliente de Kate em Tóquio por deixar a minha cadela apanhar uma boleia tão estilosa por cima do Pacífico. Kate, sempre prodigiosa, até fez alguns telefonemas para *Sandy Koufax* não ter de ficar de quarentena. A minha cadela besunta-me com beijos caninos e ganidos felizes.

Holland e eu levamo-la para o seu primeiro passeio em Tóquio e todo o barulho e confusão põem-na um pouco maluca, mas eu sei o que ela quer. Quando Holland vai encontrar-se com Kana para comerem crepes doces, levo *Sandy Koufax* para o parque Yoyogi, está o Sol a começar a pôr-se. Atiro-lhe uma bola e ela corre atrás dela, regressando de forma instintiva à nossa rotina, como se fosse apenas ontem que o tivéssemos feito pela última vez. É a mesma; *esta* rapariga é a mesma. Passei tanto tempo da minha vida rodeado por mulheres, por raparigas, e aqui estou com um novo clã, algumas que conheci a vida toda, outras apenas há um par de meses. É bom estar aqui com esta nova família, uma família como uma manta de retalhos, neste lugar onde me sinto bem.

Mas por agora sou só eu e a minha cadela.

Sandy Koufax volta a correr para mim, deixa cair a bola de ténis e fica à espera de outro lançamento. Faço-lhe a vontade.

AGRADECIMENTOS

Uma das perguntas que um escritor ouve com mais frequência é a seguinte: «Qual foi a sua fonte de inspiração?» Muitas vezes, a inspiração provém de muitos lugares e de muitas pessoas.

Em primeiro lugar, *Quando aqui estavas* teve como inspiração uma das pessoas mais espantosas e resilientes que já conheci, Sharon Schneider. Passei algum tempo com Sharon, mas também fiquei a conhecê-la melhor através de histórias dela, as histórias da sua vida que a minha sogra, Barbara Major, me contou. Sharon era a melhor amiga de Barbara e travou uma longa e corajosa batalha contra o cancro durante muitos anos. Mas, apesar da doença, Sharon continuou muito interessada na vida, em apreciá-la, em partilhar amor e risos com os seus filhos e em mostrar-lhes o mundo. Sharon, se aqui estivesses hoje, ficarias contentíssima e nada surpreendida por saber que Jenny e Andy são jovens maravilhosos de vinte e tal anos, afetuosos, divertidos, conscienciosos, fabulosos, e sinto-me muito grata por contar com eles na minha grande família alargada. Embora a personagem de Elizabeth seja inteiramente ficcional, inspirou-se na vida, espírito e coração de Sharon.

Obrigado, então, Jenny e Andy, por não levantarem obstáculos quando eu disse que ia escrever um romance inspirado na vossa mãe. Vocês são espetaculares.

Tenho ainda de agradecer ao meu fantástico marido, Jeff, pela inspiração inicial. Recordo aquela tarde na praia dos cães quando discutimos as ideias potenciais para este romance enquanto *Violet* perseguia bolas de ténis nas ondas.

Esta história inspirou-se também em Gayle Forman, uma das escritoras mais talentosas que conheço. Mal terminei o romance dela *Where She Went* (a primeira de uma de três leituras, até ao momento, desse livro fabuloso), percebi que tinha de escrever um livro com um rapaz adolescente como narrador.

Claro que os meus próprios pais representam parte da inspiração para qualquer história em que a família, e a importância das relações entre gerações, desempenha um papel tão central. Sempre me encorajaram a realizar os meus sonhos, sempre acreditaram em mim e, por esse facto, sinto-me muito agradecida, pois aqui estou eu, a viver o sonho.

A minha agente, Michelle Wolfson, merece toda uma secção de agradecimentos pelo facto de ser tão extraordinária. Leu este romance em vinte e quatro horas e apaixonou-se loucamente por ele, leu todas as versões e nunca deixou de ser a maior defensora deste livro. Michelle, foste a minha agente de sonho, tornaste-te a minha verdadeira agente e mantiveste-te uma agente de sonho. Já to disse tantas vezes, mas é bom repetir, ter-te a orientar a minha carreira de escritora deixou-me à vontade para escrever apenas e isso é a melhor coisa que podia pedir como escritora. A muitos anos de fusão de mentes.

A minha editora, Kate Sullivan, continua a surpreender-me com a sua visão perspicaz e inteligência excecional. Soube o que este livro precisava a todo o momento e levou-me suavemente a descobrir o coração da história e a remover pelo menos um acessório. Kate, as tuas revisões são estimulantes, impressionantes e ousadas e trabalhar contigo para moldar esta história naquilo em que se tornou representa a razão por que quero continuar a trabalhar contigo. Sou uma escritora com sorte por te ter na minha corte. Vamos fazer isto outra vez!

Um grande obrigado também à equipa de Little, Brown que acompanhou este romance desde as suas primeiras fases, incluindo Leslie Shumate, Victoria Stapleton, Lisa Moraleda e Alvina Ling.

Muitos amigos escritores intervieram com o seu valioso *feedback* ao longo deste percurso. Kody Keplinger viu o primeiro capítulo e deu-me conselhos úteis. Cynthia Omololu leu muitas, muitas versões e participou de bom grado em muito mais discussões e cenários de «e se». Cynthia, o teu *feedback* arguto e pleno de ideias, mas, mais importante, a tua flexibilidade para estar sempre disponível é muitíssimo apreciada. Courtney Summers apoiou-me durante a orgia de escrita épica deste livro, primeira versão em vinte e um dias, muito obrigado. Mais importante, porém, leu uma versão durante as últimas fases de edição e mostrou grande discernimento na modificação ligeira dos personagens e certos elementos da história para torná-la mais interessante e melhor. Os meus amigos escritores locais também me apoiaram: Cheryl Herbsman e Malinda Lo, estou a falar de vocês! Stephanie Perkins e Kiersten White, fabulosas como sempre; adoro as nossas «conversas» das quartas-feiras. Suzanne Young, és adorada.

Como sempre, a minha melhor amiga no mundo inteiro, Theresa Shaw, deu-me *e* dá apoio, em todos os livros, em todos os acontecimentos, em todos os momentos da minha carreira de escritora. Theresa, és inimitável e não me consigo imaginar a navegar a insanidade e a magia sem ti.

Estou em dívida para com muitos recursos *online* relativos a informações sobre confidencialidade entre médico e doente, bem como diretrizes médicas e de saúde no Japão. Isso inclui um estudo sobre revelação da doença e do prognóstico realizado pela Universidade de Tóquio, um estudo sobre ética na tomada de decisões e autonomia do doente no Japão e nos Estados Unidos realizado pela

School of Medicine da Universidade de Stanford, estudos sobre autonomia do doente e revelação do diagnóstico realizados pelo Departamento de Medicina Geriátrica no Hospital Tan Tock Seng em Singapura, bem como o artigo «Comparison of Diagnostic Disclosure in Japan and the United States: From Communicative Perspective» por Tomoka Noguchi. Agradeço também as opiniões dos meus amigos médicos Sandeep Wadhwa e Louise Lo sobre a relação médico-doente e como essa relação afeta os parentes mais próximos.

Contei com várias fontes para as traduções japonesas neste romance. Um obrigado a Eric Sandler, Eve Eschenbacher e Kana Kozawa, cujo nome forneceu também a inspiração para uma personagem importante no romance. Quaisquer erros na língua japonesa são inteiramente meus.

Um enorme agradecimento a Kathy Brooks, por me ajudar a entender melhor a perspetiva judaica sobre a vida depois da morte, e a Garry Brooks pela sua valiosa informação sobre ares condicionados. Acreditem quando digo que ambas as contribuições, sobre religião e sobre reparações domésticas, são igualmente essenciais!

Muitos agradecimentos aos livreiros, professores, bibliotecários, bloguistas e colegas autores que fizeram publicidade de viva voz e, claro, aos leitores. Adoro ter notícias vossas. É por vocês que escrevo.

O meu obrigado a Cammi Bell, Ilene Braff, Kelli Anderson e muitos outros dos meus amigos da «vida real» que me apoiaram quando pude dizer: «O meu livro vendeu!»

Agradeci ao meu marido no início destes agradecimentos, mas quero agradecer-lhe outra vez, porque faz as melhores sandes, descobre os programas televisivos mais divertidos e sabe sempre quando preciso de uma fotografia louca de gatos ou de gomas em formato pinguim para me animar.

Aos meus filhos, a quem amo infinita e intensamente e com tudo o que tenho. São os meus amores. Sempre e para sempre.

E tradição é tradição. Danny tem sorte em ter uma cadela que é a «perfeição em pessoa», porque a cadela dele *é* a minha cadela. Tenho a certeza que *Violet* ficaria encantada por emprestar a sua personalidade e visual à cadela de Danny, *Sandy Koufax*, se se interessasse por esse tipo de coisa. Lamentavelmente, *Violet* interessa-se sobretudo por bolas de ténis, ração e ocupar tanto espaço quanto possível na cama, uma vez que é uma genuína cadela com direitos sobre o mobiliário e terá sempre privilégios totais sobre o mobiliário, como todos os cães deveriam ter.